# Five Nights at Freddy's
## PAVORES DE FAZBEAR 5

# A VISITA DO COELHO

**SCOTT CAWTHON
ELLEY COOPER
ANDREA WAGGENER**

Tradução de Jana Bianchi

Copyright © 2020 by Scott Cawthon. Todos os direitos reservados.
Publicado mediante acordo com Scholastic Inc., 557, Broadway, Nova York, NY, 10012, EUA.

TÍTULO ORIGINAL
Bunny Call

PREPARAÇÃO
Gabriela Peres

REVISÃO
Amanda Werneck

DIAGRAMAÇÃO
Julio Moreira | Equatorium Design

DESIGN DE CAPA
Betsy Peterschmidt

ARTE DE CAPA
LadyFiszi

VINHETA ESTÁTICA DE TV
© Klikk / Dreamstime

CIP-BRASIL. CATALOGAÇÃO NA PUBLICAÇÃO
SINDICATO NACIONAL DOS EDITORES DE LIVROS, RJ

C376v

    Cawthon, Scott, 1971-
    A visita do coelho / Scott Cawthon, Elley Cooper, Andrea Waggener ; tradução Jana Bianchi. - 1. ed. - Rio de Janeiro : Intrínseca, 2025.
    224 p. ; 21 cm.    (Five nights at Freddy's : pavores de Fazbear ; 5)

    Tradução de: Bunny call
    Sequência de: Chegue mais perto
    ISBN 978-85-510-1352-6

    1. Contos americanos. I. Cooper, Elley. II. Waggener, Andrea. III. Bianchi, Jana. IV. Título. V. Série.

24-95328                CDD: 813
                            CDU: 82-34(73)

Meri Gleice Rodrigues de Souza - Bibliotecária - CRB-7/6439

[2025]
Todos os direitos desta edição reservados à
Editora Intrínseca Ltda.
Av. das Américas, 500, bloco 12, sala 303
22640-904 – Barra da Tijuca
Rio de Janeiro – RJ
Tel./Fax: (21) 3206-7400
www.intrinseca.com.br

# SUMÁRIO

A visita do coelho . . . . . 7
Em carne e osso . . . . . . 81
O homem no quarto 1280 . . . 131

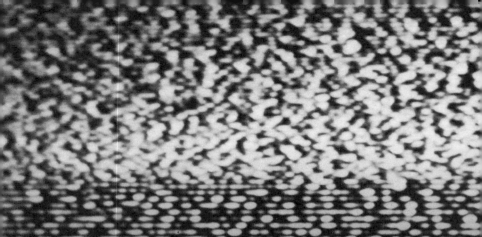

# A VISITA DO COELHO

**O sol surgiu com tudo por** trás das nuvens baixas e cinzentas, quase ofuscando a visão de Bob. Ele apertou os olhos, fulminou o astro-rei, baixou o quebra-sol e diminuiu a velocidade para manobrar a anêmica minivan na milionésima curva fechada da estrada sinuosa, que parecia infinita ao escavar seu caminho entre as montanhas cobertas de vegetação.

*Mas... que... beleza...*, pensou Bob.

A única coisa que o animara para aquela viagem foi a previsão de tempo chuvoso. Sua família tinha ficado chateada com a notícia, mas por dentro ele estava feliz. Chuva significava que o fuzuê de atividades seria cancelado, garantindo-lhe a paz necessária para pescar um pouquinho, tirar sonecas e ler.

— Olha lá, querido! — entoou Wanda, a esposa de Bob. — O sol!

— Ah, sério que aquela bola ali é ele?

A mulher deu um tapinha brincalhão no ombro do marido.

— Passa meus óculos escuros, por favor? — pediu Bob.

Em seguida tirou os olhos da estrada por alguns segundos, apenas para ver Wanda se inclinar e vasculhar o porta-luvas. Ele admirou os brilhantes cachos ruivos e os contornos suaves de seu perfil. Wanda era pequenininha, de pele pálida, cheia de sardas e de feição delicada. Mesmo depois de doze anos de casamento e três filhos, ainda era a líder de torcida linda e alegre pela qual Bob havia se apaixonado quando estavam no último ano do ensino médio. A única diferença notável eram as roupas: os pompons e as saias plissadas tinham dado lugar a peças da última moda. Naquele dia, ela usava shorts pretos de cintura alta e uma blusa esportiva lilás sobre uma regata preta. A blusa estava caída num dos ombros. A coisa mais linda.

Com os olhos de volta na estrada, Bob colocou os óculos de sol. Depois dedicou alguns segundos a conferir o próprio reflexo no retrovisor. Não precisou de muito tempo para con firmar que já não tinha *nada a ver* com o garoto atlético do ensino médio. Não havia nem sinal dos cabelos castanhos longos e espessos, do maxilar acentuado, dos olhos castanhos travessos e do sorriso largo e despreocupado. Em seu lugar, havia apenas um cabelo grisalho curto e ralo, papada flácida, olhos cansados e lábios curvados. A maior parte de seus músculos havia desaparecido com o cabelo. Bob não tinha mais tempo para malhar... o que ficava cada dia mais evidente.

Mais uma vez, voltou a atenção para a estrada. Conduziu a minivan para a pista da direita enquanto a via serpenteava para cima. A pista dupla desembocou numa tripla, criando uma faixa de ultrapassagem. Dois sedãs esportivos cortaram pela esquerda e deixaram Bob para trás.

— Que saudade do meu MG... — Bob suspirou.

Wanda o espiou de soslaio, mas não mordeu a isca. Ela nunca mordia. Convencera o marido a vender o amado carro quando tiveram o segundo filho. Desde então, Bob se arrependia da decisão. Sentia saudades de tudo daquele carro, até mesmo do cheiro — o aroma distinto de óleo de motor e banco de couro que sempre o fazia se sentir másculo... e jovem.

Bob balançou a cabeça e tentou não inalar o aroma da minivan: manteiga de amendoim, meia suja e suco de uva.

— Adivinha só, pessoal! — exclamou Wanda.

— O quê? — responderam as crianças em coro.

— A previsão do tempo mudou!

Wanda fez uma dancinha feliz no assento, olhando para a tela do celular. Era surpreendente para Bob que ainda houvesse sinal de telefonia por ali. Eles pareciam estar a milhares de quilômetros da civilização.

— Em vez de oitenta por cento de chance de chuva torrencial, agora são só vinte — anunciou ela. — Vai fazer sol!

A filhinha de três anos do casal, Cindy, começou a cantar, desafinada:

— "Sol amigo, sol feliz, pode vir brincar."

— "Sol brilhante, sol legal, que dia de arrasar" — completou Wanda, se juntando à filha.

A garotinha começou a rir e voltou ao início da melodia chiclete. As marias-chiquinhas de cabelo ruivo e cacheado chacoalhavam enquanto ela dançava. O que não tinha de talento musical, Cindy compensava em fofura e animação. As sardas e o sorrisão feliz conquistavam todo mundo.

— Ei, pessoal, vamos cantar! — convocou Wanda.

Aaron, de sete anos, estava sentado ao lado da irmã na cadeirinha que já ansiava por deixar para trás. Tinha as mesmas sardas e cabelo ruivo da menina, assim como sua energia. E, como seria de se esperar, se juntou à cantoria. Tyler, de dez anos, esbelto e com ombros largos que prenunciavam o físico robusto que teria em breve, estava esparramado na terceira fileira de bancos, reservada apenas para ele. Gostava de se isolar dos outros por ser o mais velho, mas ainda era novo demais para querer ser incluído na "diversão" da família. Adorava noites de jogatina ou de cinema em casa, piqueniques aos domingos e sessões de cantoria. Ali, no carro, começou a fazer sua parte ao improvisar um *beatbox*.

— "Sol amigo, sol feliz, pode vir brincar" — entoou a família.

— Vai, Bob! — encorajou Wanda. — Canta!

Ele grunhiu, cerrando os dentes com força enquanto a esposa e os filhos berravam os dois versos pelo menos quinze vezes. *Se fosse um rock clássico, eu estaria cantando a plenos pulmões*, pensou, mas se negava a cantarolar sobre a porcaria do sol.

Assim, manteve a boca fechada e os olhos na estrada, onde o asfalto ainda úmido cintilava ao sol que dava o ar da graça. A linha dupla amarela era como uma corda que puxava a minivan em direção a seu destino. Bob podia até estar dirigindo, mas não tinha controle de nada. Não de verdade.

Quando fora a última vez que tivera controle de algo? Antes do nascimento de Tyler? Ao se casar com Wanda? Antes de se conhecerem? Quando ele próprio tinha nascido? Será que controle era apenas uma ilusão?

A cantoria enfim morreu, e Aaron fez a clássica pergunta:

— A gente já está chegando?

— A gente já está chegando? A gente já está chegando? — repetiu Cindy, como um papagaio.

— Falta muito? A gente já está chegando? — disse Wanda para Bob.

— Até tu, Brutus? — resmungou ele, suspirando.

Wanda riu e olhou para o mapa que havia acabado de desdobrar antes de responder à própria pergunta:

— Ainda faltam uns quarenta quilômetros.

Bob achava fofo como Wanda insistia que usar mapas era mais divertido do que o GPS. Era uma das muitas manias que amava na esposa. Inventar músicas, como aquela bobinha sobre o sol, era uma das que ele *não* amava tanto assim. E ficar enchendo o saco sobre como a família precisava passar tempo junto era uma das manias que ele odiava com todas as forças.

Quando Tyler era mais novo, não era tão ruim assim. Levar o filho para pescar e jogar bola não dava trabalho. Até as trilhas que Wanda planejava eram divertidas. Depois do nascimento de Aaron, as atividades em família tinham ficado mais complicadas, mas ainda contornáveis. Com a chegada de Cindy, porém, tudo havia ficado dez vezes mais caótico. Não que a garota fosse birrenta ou algo do tipo; na verdade, era muito boazinha. Mas estava sempre ligada no 220 volts, e, por alguma razão, aquilo só deixava os irmãos mais ensandecidos. Nos últimos tempos, a impressão era que Bob nunca tinha paz ou tranquilidade, nem na hora de dormir. Era certo que toda noite, sem falta, uma ou mais crianças acabariam pulando na cama com ele e Wanda em algum momento.

Antes Bob costumava ter tempo para si, mas a essa altura o tempo pertencia a todos, *exceto* ele. O trabalho ocupava uma parcela grande. As crianças, outra. Wanda também. Antes ele não se ressentia do tempo que Wanda ocupava — mas no passado em geral faziam coisas divertidas. Agora, tudo o que ela queria era colocar o marido num dos vários papéis de "pai de família": treinador de futebol, professor, parceiro de brincadeiras, cozinheiro, faz-tudo, motorista, fazedor de compras, gerente da casa, responsável por ganhar o pão de cada dia.

Alguns meses antes, a melhor amiga de Wanda havia comentado sobre o Acampamento Etenia.

"*Etenia* é uma palavra nativo-americana que significa 'riqueza'", lera Wanda num panfleto grosso como uma revista que descrevia o lugar. "Escolhemos o nome Etenia para nosso acampamento familiar porque o homem que tem família tem, na verdade, uma grande riqueza", continuara ela. "Isso não é lindo, Bob?"

"Aham", respondera ele, sem prestar muita atenção.

Na ocasião, Bob achava que Wanda só estava lendo sobre o lugar do mesmo jeito que tinha pesquisado sobre a Groenlândia, a Noruega, a Albânia. Wanda queria viajar e amava descobrir destinos diferentes. Mas, no fim das contas, ela estava falando sério sobre o Acampamento Etenia.

"Por que a gente não manda as crianças para um acampamento de férias? Aí podemos ficar em casa de bobeira na rede, que tal?", sugerira Bob ao ver a insistência de Wanda no assunto, abraçando a esposa e enterrando o rosto em seu pescoço. "Só nós dois, juntinhos."

Mas Wanda não arredou o pé. Também não aprovou a ideia de irem para uma pousada legal, onde poderiam deixar as crianças na piscina e ter um tempinho a sós. Bob tinha enfim apostado todas as fichas, propondo que fossem para um resort chique que prometia entreter as crianças enquanto os pais descansavam sob imensos guarda-sóis em praias de areia branquinha. Ele só queria *relaxar*. Já Wanda queria outra coisa.

Assim, lá estava ele... a caminho do Acampamento Etenia.

Bob olhou pelo retrovisor e entendeu por que de repente a minivan tinha se transformado num fuzuê: as três crianças estavam entretidas num elaborado jogo de mão.

Wanda se inclinou na direção do marido.

— Zoie e eu amávamos acampar quando a gente era criança — contou ela pela décima vez. — A única parte ruim era ter que ficar longe da mamãe e do papai. Não é ótimo a gente não ter que fazer isso com as crianças? Vamos passar uma semana inteirinha juntos!

— Uau, que maravilha.

Se Wanda notou o sarcasmo, ignorou.

Um cervo passou correndo na frente da minivan, e Bob pisou no freio. Felizmente, não estavam em alta velocidade — nem era possível, já que o veículo não tinha potência para acelerar em subidas íngremes, especialmente em grandes altitudes. Por mais que tenha desviado com facilidade do animal, ele sentiu o coração acelerar.

— Será que dá para vocês diminuírem o volume aí atrás? — berrou Bob para as crianças. — Estou tentando dirigir.

Momento de silêncio.

— Selá que tem fada ali, papai? — perguntou Cindy.

Pela janela, ela encarava a floresta densa além da estrada.

— E por que não teria? — respondeu Bob.

Wanda já dissera várias e várias vezes que Cindy era sensível demais e que ele não podia "acabar com a graça" da menina. Se a filha quisesse acreditar em fadas, o dever dele era entrar na brincadeira.

— E aí, o que a gente vai fazer quando chegar? — perguntou a esposa para as crianças, mudando de assunto.

Bob revirou os olhos. De novo aquilo?

Os três começaram a gritar ao mesmo tempo.

— Bolhonas de sabão! Show de talentos! Karaokê! Caça ao tesoulo! Teatlinho de fantoche! Pintula de dedo! Cama elástica! Dança! Bambolê! Ginástica! — enumerou Cindy.

— Cama elástica! Arco e flecha! Hipismo! Canoagem! Boia! Bicicleta! Trilha! — berrou Aaron.

— Corrida com obstáculos! Caiaque! Mergulho! Velejar! Natação! Cabo de guerra! Corrida! Pingue-pongue! Vôlei! Bungee jump! Tirolesa! — exclamou Tyler.

Wanda gargalhou, feliz. Parecia estar fazendo aquilo de propósito, só para agitar as crianças.

A vontade de Bob era cobrir os ouvidos — mas não foi o que fez, já que não tinha como dirigir sem usar as mãos.

*E pesca, hein?*, pensou. Bob amava pescar.

Já Wanda odiava, mas era capaz de manipular o marido quando necessário, e havia usado o amor dele pela pesca para convencê-lo a embarcar naquela viagem.

Quando ficou claro que Bob iria para o Acampamento Etenia, mesmo a contragosto, ele havia se confortado com a ideia de que poderia fazer caminhadas e pescar sozinho. Foi quando a verdade veio à tona.

"Bom, você não vai fazer nada sozinho", admitira Wanda. "Lá tem uns campeonatos de pescaria. Talvez você consiga convencer um dos meninos a participar também."

Por que tudo precisava ser planejado com tanta antecedência assim?

As crianças ainda listavam atividades. Bob pensou que precisariam ficar uns cinco anos hospedados lá se quisessem fazer tudo o que os filhos desejavam, mas a estadia seria de só uma semana.

"*Só*", aham.

Sete dias era uma eternidade.

"Sete dias de alegria e diversão", dissera Wanda enquanto aprontava todo mundo para a viagem.

Do jeito que ela falava, aquilo devia ser algo bom.

Será que Bob sobreviveria?

• • •

Bob tinha que dar o braço a torcer: o Acampamento Etenia era um lugar bonito. Ou seria, se não estivesse infestado de famílias barulhentas.

Aninhado num vale estreito entre duas cordilheiras repletas de pedras irregulares, o Acampamento Etenia abraçava a margem de um lago azul imenso e serpenteante, chamado Amadahy. De acordo com o panfleto do acampamento, "amadahy" era a palavra do povo nativo cherokee para "água da floresta". Seria um nome apropriado para um lago na mata, mas havia um porém: o acampamento não ficava nem perto do território dos cherokee. Quando Bob comentou isso com Wanda, ela nem deu bola.

O Acampamento Etenia, acessado por uma estrada de cascalho de mais ou menos quinze quilômetros que desembocava da rodovia na base de um declive íngreme, só surgia à vista quando se chegava bem perto. Só então, uma placa rústica discreta, quase esquecida atrás de um bordo, confirmava que os viajantes exaustos estavam no lugar certo — ACAMPAMENTO ETENIA: LOGO À FRENTE.

A construção em si era tão linda quanto os arredores. A sede ficava num chalé de madeira imenso ladeado por duas chaminés de pedra e um alpendre amplo que contornava toda a estrutura, coberta por um telhado brilhante de metal verde. Os trinta e cinco chalés menores pareciam filhotes do primeiro; pequenas estruturas de pedra e madeira espalhadas ao redor da sede como patinhos nadando perto da mãe. Bob e a família ficariam no chalé 17, o Chalé Nuttah. Ao que parecia, a palavra significava "forte" na língua do povo algonquino.

Os filhos de Bob acharam graça do nome.

"A gente vai ficar no chalé 'não tá'", contara Tyler para todos os amigos assim que a família recebera a confirmação de reserva.

"Se alguém bater na porta, vou gritar que a mamãe 'não tá'", brincara Aaron.

"A mamãe vai sumir quando a gente entlar lá, papai?", perguntara Cindy várias vezes.

"Eu vou sumir!", brincara Wanda.

"Tomara que *eu* suma", sussurrara Bob.

Ele achava o nome idiota porque os algonquinos não viviam ali perto. Os proprietários do Acampamento Etenia pareciam ter mergulhado de cabeça num vórtice de nomes nativo-americanos e escolhido de forma aleatória.

O estacionamento do lugar era um retângulo de cascalho cercado de árvores que ficava atrás da sede. Quando Bob estacionou a minivan, foi lembrado de que não poderia ir de carro até o chalé.

— Isso iria arruinar o clima — explicou Wanda quando o marido reclamou.

— O clima também envolve a dor nas costas que vou ter por carregar toda a bagagem? — perguntou Bob.

Wanda sorriu e passou gloss nos lábios.

*Bom, acho que isso responde à pergunta*, pensou ele.

Depois de sair da minivan lotada de malas e brinquedos, sem contar o reboque entulhado de coisas, as costas de Bob começaram a latejar só de *pensar* em carregar tudo até onde ficariam hospedados.

E claro que o Chalé Nuttah era o mais afastado do estacionamento.

"É bem na beirinha da mata, Bob", comemorara Wanda ao receber as informações da reserva.

"Ah, que espetáculo", retrucara Bob.

E lá estavam eles. O paraíso de um era o inferno do outro.

Bob olhou para o céu traiçoeiro, que havia trocado as nuvens carregadas por uma imensidão azul. O sol estava quase a pino, e brilhava furiosamente. Bob chutava que devia estar uns vinte e sete, vinte e oito graus, e o ar parecia pesado e abafado.

Wanda e as crianças praticamente dançavam no cascalho ao redor do carro. Cindy andava em círculos; Aaron chacoalhava o corpo enquanto Tyler batucava no capô da minivan. Wanda cumprimentava todo mundo que passava com "Oi" ou "Como vai?".

— Olha a boboletinha! — exclamou Cindy.

Bob olhou para onde o dedinho gorducho de Cindy apontava e viu a borboleta-monarca desaparecer entre as moitas de frutinhas silvestres. Lembrou-se da própria infância, quando o pai o levava para acampar e os dois colhiam frutas para servir com a truta fresca frita no jantar.

—Vem, pai — chamou Aaron. — A gente precisa se inscrever nas atividades, ou só vão sobrar as chatas.

— Bob, por que você não cuida disso?

Wanda entregou para o marido quatro folhas de papel cheias de coisas escritas.

Ele sabia que eram as listas com as atividades escolhidas por cada filho, além das que Wanda decidira que fariam em família. Ele suspirou. Aquilo levaria a tarde toda.

— Eu e as crianças vamos dar uma circulada por aí e começar a conhecer gente — avisou a esposa. — Quando terminar as inscrições, pode levar as coisas até o chalé.

— Posso, é? Que bom — murmurou Bob.

— O que disse, querido?

— Nada, não...

Bob ficou olhando a família se afastar, mas não se moveu. Tudo que ele queria era simplesmente entrar no carro e ir embora. Olhou para o banco do motorista. O que aconteceria se fizesse isso?

O perfume doce das flores silvestres batalhava com o fedor pungente de fumaça de escapamento, e mais intenso ainda era o cheiro poderoso de zimbro e pinheiro. Lembrava Bob de gim--tônica, sua bebida favorita.

"Tem gosto de árvore", dissera Wanda na primeira vez que ele lhe preparara o drinque.

Depois disso, ela começou a chamar gim-tônica de "bebida de árvore", e passado um tempo abreviou apenas para "árvore". "Faz uma árvore para mim?", pedia Wanda vez ou outra nas noites de sexta, depois que as crianças iam dormir.

Uma "árvore" cairia muito bem naquele momento.

De repente, alguém trombou nas costas de Bob. Uma criança gritou "Foi mal!" enquanto ele tropeçava e batia na lateral da minivan.

Agarrado na porta de correr aberta, viu um homem obeso de meia-idade suando para carregar várias bolsas e malas. O olhar do sujeito se encontrou com o dele, que abriu um sorriso simpático. Depois, Bob fechou a porta da minivan e olhou ao redor.

Arrependeu-se no mesmo instante.

Ver o acampamento do banco do motorista e depois presenciar a família saltar do veículo com um entusiasmo descomedido já tinha sido ruim o bastante. Mas vislumbrar a totalidade de seu purgatório de uma só vez era praticamente insuportável.

Crianças corriam por todos os lados, como se tivessem tomado algum remédio que as mantivesse inconscientes, mas em constante movimento. Homens faziam o papel de burros de carga; pais suados zanzavam de um lado para o outro sob o peso de seus fardos. Mães socializavam e se organizavam. No meio do caos, monitores do acampamento apitavam e berravam orientações incompreensíveis.

Bob tentou decifrar o que diziam, mas era impossível. Respirando fundo, se aproximou de uma monitora de olhos azuis e rabo de cavalo loiro, que apitou quando ele estava a pouco mais de um metro. O silvo agudo retumbou em seus ouvidos com força e ecoou várias vezes no cérebro dele antes que pudesse falar.

— Licença — pediu. — Onde eu faço a inscrição para as atividades?

Com um gesto que ele achou ridículo, a moça apitou de novo, dessa vez um som curto e rápido, e depois apontou para uma pequena escadaria numa das pontas da sede.

— É só subir por ali e contornar o alpendre que o senhor vai encontrar a fila das mesas de inscrição.

Então assoprou o apito de novo.

Os dedos de Bob coçaram de vontade de arrancar o apito do pescoço da monitora, mas ele se conteve.

—Valeu — agradeceu, disfarçando um sorriso aniquilador.

Então subiu os degraus e viu a fila se estendendo pelo alpendre da frente. Dali, via que a família já estava se enturmando. Cindy andava de mãos dadas com outra garotinha de cabelo escuro, todo trançado; as duas giravam ao redor de um píer comprido que se estendia lago adentro. Mas que mania criancinhas tinham de girar... Ao lado de Cindy, Wanda conversava com uma mulher enquanto os filhos de Bob e outro menino se alternavam para fazer pedras quicarem na superfície do lago.

E lá estava ele, parado numa fila para cuidar da papelada. Era o resumo de sua vida.

Enquanto esperava, Bob perdeu a noção do tempo. Moscas zumbiam ao redor da sua cabeça, e ele sentia o rosto começar a arder ao sol. Aquilo era para ele aprender a não ignorar o conselho de Wanda de passar protetor solar.

"Vai chover", dissera ele à esposa, confiante.

"Não tem como saber...", respondera Wanda.

Era impressionante como ela sabia *até* o que não tinha como saber.

Perto dali, alguém tocava violão. Ainda mais perto, uma pessoa comia tiras de carne-seca. Bob franziu o nariz. O cheiro fazia seu estômago revirar.

Outros pais conversavam na fila, mas Bob manteve a cabeça baixa. Pela primeira vez desde que saíra com a minivan da garagem, só conseguia pensar no projeto em que desejava estar trabalhando em casa. Nem tinha tempo de tirar uma semana de férias — mesmo que tivesse, com certeza não ia querer passar aquele tempo se exaurindo com *atividades* ao lado de um bando de estranhos. Sinceramente? Ele precisava de um tempo sozinho.

Bob se virou na direção da família de novo. Cindy e sua nova amiga pulavam uma amarelinha imaginária entre o gramado e o lago, enquanto os meninos tentavam se equilibrar sobre os tocos da estrutura do píer. Ele tinha certeza de que dali a pouco escutaria o barulho de alguém caindo na água.

Enfim, Bob alcançou a porta da sede. Era difícil de acreditar, mas em algum momento a vez dele chegaria. Curioso, mesmo sem querer, analisou o interior do chalé. Era como o material de divulgação mostrava: paredes de madeira exposta, grandes móveis maciços com estofados cobertos de almofadas estampadas com padronagem inspirada no estilo nativo-americano. Havia uma enorme cabeça de cervo exposta acima da lareira, e os lustres pendurados no telhado de madeira eram feitos de chifres. Aquele não era o melhor lugar para ser um animal selvagem.

Bob deu uma última olhada na família antes de entrar na sede. Como esperado, os garotos tinham caído no lago. Cindy continuava a brincar de amarelinha. Wanda ria dos filhos… só porque eles também estavam rindo.

Se alguém lhe perguntasse se amava a família, Bob responderia com um veemente "Sim!" — porque era verdade. Mas não significava que *gostava* deles o tempo todo; nos últimos tempos, inclusive, gostava cada vez menos. A esposa e as crianças sempre queriam alguma coisa.

*Papai, olha esse desenho! Eu que fez*, dizia Cindy.
*Pai, vem jogar bola comigo?*, pedia Aaron.
*Pai, por favor, me ajuda com a lição de casa?*, implorava Tyler.
*Querido, a porta da garagem está fazendo barulho, você pode consertar, por favor?*, ordenava Wanda.

Isso, ordenava. Tudo bem que ela sempre pedia "por favor", mas parecia uma ordem. Era como um chefe dizendo "Quero tal coisa na minha mesa até o fim do dia, *por favor*".

Bob estava cansado de tantos pedidos, de tantas obrigações. Precisava *respirar*.

— É sua vez, cara.

Alguém lhe deu um tapinha no ombro. Ele olhou ao redor. Logo atrás havia um pai bem jovem, que visivelmente ainda amava a paternidade. O rapaz sorriu, apontando adiante.

— É a sua vez.

Na mesa à frente, uma mulher robusta e bronzeada, com cabelo loiro-escuro curtíssimo e linhas de expressão ao redor dos olhos, ergueu o rosto.

— Oi, eu sou a Marjorie — disse, abrindo um sorrisão.

Bob admirou os dentes branquíssimos e retos enquanto ela apontava para o crachá de plástico branco preso à camisa verde do uniforme.

— Bem-vindo ao Acampamento Etenia — acrescentou ela.

— Ah, então estou no lugar certo?

Pretendia fazer uma piadinha, mas pelo jeito não tinha dado muito certo.

O sorriso de Marjorie vacilou. Ela franziu o cenho por um segundo antes de perguntar:

— Sobrenome?

— Mackenzie.

A mulher digitou num notebook.

— Bob, Wanda, Cindy, Aaron e Tyler?

— Isso mesmo.

— Maravilha, vamos lá. Já prepararam a lista de atividades?

Bob entregou-lhe as listas caprichadas de Wanda. O acampamento oferecia cento e doze atividades e pedia que os hóspedes escolhessem ao menos vinte opções em ordem de preferência. As listas de Wanda tinham, no total, setenta e duas. Bob se perguntava o que Marjorie faria com aquilo. Mas a mulher não pareceu nem um pouco surpresa.

— Perfeito — disse ela, digitando.

Bob a observou trabalhar, com o maxilar cerrado. Uma das objeções que tinha ao Acampamento Etenia — a qualquer acampamento de verão, na verdade — era a falta de flexibilidade. Não *tinha* nada contra passar um tempo ao ar livre fazendo coisas divertidas, mas ter que seguir um cronograma todo certinho... Ah, aquilo o deixava com vontade de sumir. Pronto, talvez o Chalé "Não Tá" fosse mesmo o certo para ele.

Mas, *sério,* será que ele já não tinha listas e cronogramas o bastante para seguir no trabalho? Pelo menos lá era remunerado. Por que precisava se submeter àquele tipo de porcaria nas horas de lazer também?

Marjorie parou de digitar.

— Não consegui colocar vocês em todas as atividades escolhidas, mas deu para garantir as vinte primeiras de cada uma das crianças e da família como um todo.

— Belezera.

Bob adorava aquela expressão, era uma das favoritas de Tyler. O filho usava o termo a sério, mas para Bob "belezera" podia significar tanto "que bosta" quanto "não tô nem aí".

Marjorie devolveu-lhe a lista, depois olhou para os lados antes de se inclinar para a frente. Quando falou, sua voz mal passava de um sussurro. Bob conseguiu ouvir o "O senhor quer...", mas não compreendeu o resto.

Por isso, chegou mais perto.

— Oi?

Marjorie se inclinou ainda mais na direção de Bob. Ela tinha bafo de chocolate.

— O senhor quer se inscrever para a visita do coelho? — perguntou.

Ele devia ter entendido errado.

— O que é isso? — questionou.

Marjorie se virou e apontou para um coelho alto parado no canto mais afastado do imenso recinto, embaixo de uma canoa antiga pendurada no teto inclinado. A criatura tinha pelagem de um laranja vibrante, vestia colete xadrez preto e branco, gravata-borboleta amarela de bolinhas brancas e uma cartola preta, com dois furos através dos quais passavam as orelhas. O coelho segurava pratos de metal, como aqueles macaquinhos antigos de brinquedo. Bob pestanejou. Como podia ter ignorado aquele coelho quando entrou na sede? Era como não ver uma sucuri imensa num cercadinho cheio de filhotes de cachorros. O coelho destoava do ambiente. Destoava completamente.

Bob passou vários segundos hipnotizado, encarando o bicho. Não sabia dizer se era uma pessoa fantasiada ou um daqueles animatrônicos esquisitos que já tinha visto em alguns restaurantes que frequentara vez ou outra na infância. Em todo caso, não era o tipo de coelhinho fofo que dava vontade de abraçar. Tinha olhos grandes demais para parecer amigáveis; beiravam a maluquice.

— Sr. Mackenzie? Bob?

Bob pestanejou outra vez.

— Oi?

Marjorie sorriu e deu uma piscadela.

— Quando a pessoa se inscreve para a visita do coelho, aquele amigão ali, que se chama Ralpho, dá uma passadinha no chalé da família.

Bob olhou para o coelhão, Ralpho.

— Ele entra no chalé gritando, batendo os pratos e girando a cabeça — continuou Marjorie, dando uma risadinha. — É aterrorizante!

Bob mal podia imaginar.

— É o melhor despertador do mundo — acrescentou a moça.

— Como assim, despertador? — perguntou Bob, sem entender muto bem.

— Ah, esqueci esse detalhe, né? O Ralpho aparece entre cinco e seis da manhã. Nesse horário, ele passa por todos os chalés que pediram uma visita do coelho. É meio que uma pegadinha que a gente prega na primeira noite das crianças aqui. A maioria adora o friozinho na barriga de tomar um susto logo pela manhã. — Marjorie riu outra vez. Baixinho daquele jeito, o som lembrava uma risada maléfica. — O senhor tem interesse?

Bob olhou de Ralpho para Marjorie, depois para Ralpho de novo. Pensou na felicidade irritante da família, na insistência de que ele passasse a única semana de folga do verão naquele centro de detenção mal disfarçado para pais sobrecarregados. Pensou no tempão que perdeu naquela porcaria de fila para se inscrever num punhado de atividades ridículas. Lembrou da quantidade de malas que ainda precisava carregar até o Chalé Nuttah.

Depois pensou em como a família reagia a barulhos altos pela manhã. A ideia renovou seu bom-humor.

— Tenho, sim! — exclamou Bob, com um sorriso.

Aquilo seria um escândalo!

— Perfeito — respondeu Marjorie, voltando a digitar. — Pronto, tudo certo. — Ela sorriu de novo para Bob, que retribuiu o gesto.

Era o primeiro sorriso genuíno dele no dia. A primeira vez que sentia algo além de ressentimento ou irritação desde que a viagem fora planejada. Naquele momento, inclusive, estava até um pouquinho animado.

Marjorie se inclinou para trás, pegando um monte de papéis que havia acabado de imprimir. Depois empurrou a pilha na direção de Bob.

— Se o senhor puder fazer o favor de ler isso e confirmar que concorda com os termos, depois é só rubricar todas as páginas.

Entregou uma caneta para Bob, que suspirou e leu a excruciante lista de atividades mais uma vez. Não concordava com nada, na verdade, mas rubricou as páginas mesmo assim.

Marjorie escancarou o sorriso.

— Excelente! — exclamou ela ao juntar as páginas e grampear algumas. — Aqui, a grade de horários — avisou. — O Ralpho vai fazer a visita de manhã, e as outras atividades já estão marcadas na agenda. — Entregou também uma chave e um panfleto para Bob. — Essa é a chave do Chalé Nuttah e o manual de regras do acampamento — explicou.

Ah, que maravilha. Um manual de regras. Tudo que Bob precisava era de mais regras... Como se precisasse de um pouco mais de trabalho ou mais filhos.

Mas não disse aquilo em voz alta. Apenas pegou o livreto e a chave.

— Espero que se divirtam, e pode me chamar se precisarem de qualquer coisa — orientou Marjorie.

Bob assentiu, olhou para Ralpho uma última vez e depois saiu. Percebeu que estava até se sentindo mais leve. Ficou tentado a rodopiar um pouquinho enquanto ia até a porta. Em vez disso, virou-se para Ralpho e levou a mão à aba do chapéu imaginário para cumprimentar o novo "amigo".

—Valeu, amigão — sussurrou.

Ralpho tinha proporcionado a maior sensação de satisfação que Bob sentira em semanas.

Bob carregou a última leva de bagagens até o Chalé Nuttah e saiu para recuperar o fôlego.

A construção triangular de madeira contava com um alpendre estreito, duas janelinhas laterais, uma panorâmica na frente e outra menorzinha no mezanino. Bob balançou a cabeça ao observar o chalé. Não era o hotel cinco estrelas em que planejara passar as férias.

— Bob? — chamou Wanda.

Quando entrou no chalé, a esposa lhe dirigiu o que ele costumava chamar de "aquele olhar". Aquele olhar consistia numa careta com lábios franzidos e uma das sobrancelhas erguida que significava "Você não está fazendo o que eu queria".

— Diga — respondeu Bob.

— A gente precisa ir logo. Está na hora do piquenique de boas-vindas — reclamou Wanda, indo apressada até o marido para agitar a tabela de horários na cara dele. — Tá vendo, começa às quatro da tarde. A gente vai se atrasar.

— Ninguém chega na hora marcada em piqueniques — argumentou Bob.

Wanda jogou uma bermuda cáqui e uma camisa polo azul na direção dele.

— Toma, coloca essa roupa. Você está fedendo a suor.

— Jura?

As palavras de Wanda soavam como uma acusação, e a vontade dele era perguntar como poderia ter levado todas as malas até o chalé sem transpirar. Em vez disso, viu Wanda preparar o "kit soneca" de Cindy, uma bolsinha de vinil que enfiou dentro de um cesto de vime branco. A bolsa continha uma máscara de dormir e tampões de ouvido; já o cesto incluía um copo de água com tampa.

Bob sabia que Wanda roncava alto desde o início do relacionamento — ela tinha adormecido no ombro dele num show certa vez, e de alguma forma seus roncos eram audíveis mesmo com a barulheira da música. Com o nascimento das crianças, constatou que a coisa do ronco era genética, e infelizmente vinha com uma propensão a ter sono leve e reagir de forma exagerada ao ser acordado por barulhos altos ou luz forte. Por esse motivo, Wanda e as crianças sempre usavam tampões de ouvido e máscaras de dormir. Bob não ligava de usar máscara, mas os roncos de Wanda o obrigavam a usar tampões também — e nem eles eram suficientes para afastar a sensação de estar dormindo ao lado de uma britadeira. Lá estava outra desvantagem na viagem ao acampamento: as três crianças e a esposa roncando juntos no chalé pequeno. Bob imaginava que não dormiria muito ao longo da próxima semana. Aquela era uma das razões pela qual tinha se empolgado tanto com a história da visita do coelho, porque serviria para dar o troco. Já que passaria a noite sendo torturado, ao menos daria um susto na família pela manhã.

O Chalé Nuttah era tão simples por dentro quanto parecia por fora. No térreo, era equipado com uma cama de casal e bicamas, uma mesa com cinco cadeiras, uma cômoda e um frigobar. Uma porta levava ao banheirinho minúsculo. No mezanino, havia duas camas de solteiro com mesinhas de cabeceira combinando, apertadas sob o teto inclinado. O chalé não tinha prateleiras nem armários. Em vez disso, ganchos para roupas adornavam as paredes, logo acima de bancos baixos — um lugar para acomodar a bagagem, ao que parecia. Wanda já tinha organizado as malas lado a lado. Também havia empilhado embalagens com comida, pratos e copos descartáveis e um rolo de papel-toalha em cima do frigobar.

"Achei que ia ter beliche", comentara Aaron assim que Bob pisara no chalé. "Beliche é legal."

"Quando eu tinha a sua idade, seu tio e eu vivíamos reclamando de *precisar* dormir no beliche", contara Bob ao filho. "A gente achava que cama de solteiro é que era legal."

"Ah, mas é porque você é velho" respondera Aaron.

Bob se perguntou o que uma coisa tinha a ver com a outra. Não se considerava velho, embora o rótulo fizesse mais sentido a cada dia que passava. Mas mesmo que fosse — ser velho era necessariamente algo ruim? Estava começando a acreditar que sim.

Ele conferiu as camas do chalé, se deleitando com a expectativa da visita do coelho. Todas estavam cobertas com uma manta vermelha, e os lençóis eram verde-escuros. Aquilo conferia um clima natalino ao ambiente, intensificado pelas cortinas listradas de verde e vermelho. Bob achava meio estranho e dissera isso assim que haviam entrado pela primeira vez no chalé, mas Wanda insistira que "era festivo".

"É disso mesmo que eu tô falando", retrucara Bob.

Os meninos não gostaram da falta de beliches, mas adoraram outra coisa no chalé: o alçapão no chão.

"O que é isso?", perguntara Aaron ao encontrar a portinha.

Bob fez o filho esperar enquanto descia pelo alçapão, conferindo o que havia lá embaixo. Logo percebeu que era só um espaço vazio; devia servir para evitar que animais e insetos se instalassem sob o chão dos chalés, ou talvez tivesse a ver com isolamento térmico. De um jeito ou de outro, os meninos tinham ficado encantados com a descoberta e se enfiaram ali várias vezes para brincar de caça ao tesouro.

Wanda estalou os dedos diante da cara de Bob.

— Por que você está parado aí? — Deu um empurrãozinho no marido. — Vai lá se trocar!

Obediente, Bob começou a tirar as roupas suadas e vestiu peças limpas. Quando terminou, fez um gesto teatral diante da esposa, que já estava pronta, usando um vestido de verão verde-esmeralda.

— Estou apresentável, senhora?

Wanda sorriu, deu um abraço nele e plantou um beijo em sua bochecha. No mesmo instante, fez careta.

— Ai, mais ou menos. Faltou fazer a barba.

— Estou de férias — lembrou Bob.

— E isso lá é desculpa para pinicar o rosto da sua esposa?

Bob suspirou. Será que ele não merecia uma folguinha? Mesmo assim, pegou o barbeador.

— Agora não! — exclamou Wanda. — Já estamos atrasados.

Ele soltou o aparelho, frustrado.

— Bom, então me diz certinho a hora exata em que você quer que eu me barbeie, e aí eu só obedeço.

Wanda não pareceu notar o amargor em suas palavras. Deve ter achado que ele falava sério, porque sorriu e lhe deu o braço.

—Vamos para o nosso piquenique.

O tal piquenique, espalhado pelo amplo gramado que levava a uma prainha, consistia num caos de comida, brincadeiras e rodinhas de conversa. Assim que chegaram à margem do tumulto, a vontade de Bob foi sair correndo e se esconder na floresta.

Uma faixa verde berrante, presa entre dois abetos imensos, gritava O ACAMPAMENTO ETENIA DÁ AS BOAS-VINDAS! Bob duvidava de que aquele era o sentimento real do estabelecimento. O mais provável era que quisesse que todos fossem embora. Na verdade, ele tinha quase certeza de que o lago Amadahy desejava que o acampamento jamais tivesse sido construído.

Bob havia entrado no escritório de arquitetura como estagiário, logo depois da faculdade. Em seus doze anos de trabalho, tinha aprendido muito sobre forma, função, energia e paisagem. Ao visitar terrenos para preparar plantas, Bob era quase sempre capaz de dizer quando um lugar estava ou não disposto a receber uma estrutura. Não que já tivesse compartilhado aquele detalhe com alguém. Respeitava sua intuição quando trabalhava em projetos arquitetônicos, mas nunca contava aos clientes que estava reposicionando determinada construção porque o terreno preferia daquela forma. Ele podia ter uma visão meio estranha sobre terra e natureza, mas não era idiota.

— Vem, Bob. — Wanda o puxou pelo braço. — Não enrola. Você parece um cervo prestes a ser atropelado.

— Eu me *sinto* um cervo prestes a ser atropelado. Se bobear, até o fim da semana vai ser a minha cabeça pendurada na lareira da sede.

— Engraçadinho.

Wanda o arrastou até o fim das mesas de piquenique. Estavam todas enfileiradas, cobertas com toalhas verde-escuras de tecido impermeável em uma tentativa corajosa de sustentar toneladas de comida. Wanda entregou ao marido um prato feito de papel.

— Vamos comer enquanto as crianças brincam. Aí depois chamo todo mundo e ajudo cada um a se servir.

Bob olhou ao redor, procurando os filhos. Pelo jeito, os meninos tinham se transformado em guerreiros ninja. Usavam bandanas verdes na cabeça, brincando de lutinha com gravetos compridos.

Depois, ele olhou de soslaio para um grupo de criancinhas pequenas saltitando ao redor de um palhaço, que pintava o rosto de uma menina ruiva. Cindy pulava ao lado dela.

— Eu também quero, tio, eu também quero — berrava, tão alto que Bob conseguia ouvir mesmo de longe. — Faz uma pintura de abelhinha em mim?

Bob só revirou os olhos e se voltou para a comida. Ele odiava palhaços.

— O cheiro está uma delícia, não?

Wanda apontou para as bandejas de salada de batata, salada de vagem, salada de macarrão, salada de folhas, ovo cozido recheado, legumes frescos com patê, batatinhas fritas com molho, vagem assada e várias caçarolas espalhadas pelas mesas de piquenique.

— Olha, para ser sincero, só estou sentindo cheiro de salsicha queimada — confessou Bob.

Havia uma churrasqueira montada entre as mesas de comida e o chalé da sede. Dado o cheiro de fumaça e as labaredas que se elevavam a ponto de oferecer um risco de segurança, Bob não tinha muita certeza de que o "chef" — um monitor magrelo com rosto fino e corado — sabia o que estava fazendo.

Wanda torceu o nariz.

— Eu incentivei a Cindy a ir lá pintar o rosto justamente para ela não ver que tem salsicha. Mas, sério, você não está sentindo o cheiro de endro naquela salada? E de tomilho naquela? Dá uma chance, vai…

— Au, au — debochou Bob, farejando as cumbucas com obediência.

Ainda assim, tudo que conseguia sentir era o cheiro de churrasco torrado.

Wanda deu uma risadinha.

— Vai logo, já tem uma fila atrás de você.

Bob suspirou e começou a se servir. Enquanto empilhava comida no prato, tentava não pensar no inevitável chilique que Cindy daria ao perceber que todo mundo estava comendo cachorro-quente.

Cindy achava cachorro-quente "malvado".

"Não pode comer cachorrinho!", protestara Cindy na primeira vez que alguém lhe oferecera um.

Por mais que explicassem, nada a convencia de que cachorrinhos e cachorro-quente eram coisas diferentes.

— Bob? — Wanda deu-lhe um empurrãozinho gentil. — Querido, deixe para ficar matutando depois. Agora, vem logo.

Wanda o puxou até uma longa mesa de piquenique cheia de casais às gargalhadas.

— Esses lugares estão livres? — perguntou para um deles.

— Estão, sim, fica à vontade — respondeu uma mulher robusta e escandalosa, com cabelo comprido e língua aparentemente tão comprida quanto. — Puxa um banco!

Então riu, como se tivesse dito a coisa mais engraçada do mundo.

O som estava mais para um guincho alto, como o canto de acasalamento de um pássaro.

O marido dela, um sujeito pequeno e loiro com orelhas queimadas de sol, ergueu o rosto e abriu uma réplica não muito convincente de um sorriso. Bob retribuiu com o próprio esgar puramente social. Wanda se largou no banco e foi deslizando para o lado a fim de abrir espaço para o marido.

— Meu nome é Darlene — disse a mulher robusta. — E esse é o Frank.

Ela apontou para o homem de orelhas vermelhas, que ergueu o garfo em cumprimento e voltou a comer.

— Não liguem para ele — pediu Darlene. — Não pode ver comida que até esquece de falar. Meu Frankzinho come feito um saco sem fundo, e olha só para ele. Não é justo. Eu boto uma cenoura para dentro e, pimba, ganho quase um quilo.

Bob não fazia ideia de como responder àquilo, então deixou Wanda cuidar da situação. Ouviu a esposa dar uma resposta simpática enquanto ele próprio dedicava a atenção à comida.

O banco era duro e estreito, e a bunda de Bob começou a doer. Enquanto se ajeitava, bateu o joelho com força no pé da mesa. Tornou a se ajeitar, e uma farpa do tamanho de uma faquinha o espetou na coxa. Duas moscas mergulharam com tudo no seu prato, e ele as afugentou com a mão.

Aquilo não deveria ser divertido? Fincou o garfo num pedaço de batata e a enfiou na boca. Ainda estava um pouco crua, e ele odiava batata meio dura na salada. Fez uma careta enquanto mastigava, desejando poder cuspir aquela porcaria — desejando poder cuspir toda aquela experiência péssima.

Enquanto Bob comia, os outros engataram numa conversa animada sobre as atividades do acampamento. Todos na mesa opinavam sobre qual seria a coisa mais divertida para se fazer no Acampamento Etenia. Até Frank, que tinha terminado de comer, se juntou ao papo com aparente animação ao mencionar o campeonato de tênis que começaria no dia seguinte. Quando Wanda comentou que a família toda se juntaria a uma competição de pique-bandeira, Bob quase grunhiu. Nem lembrava que tinha concordado em participar daquilo. Só de pensar em correr pela mata para roubar um pedaço de pano já sentia pontadas no maxilar. Ele tinha esperança de que, após o piquenique, poderia passar o resto do dia esparramado numa cadeira de praia, mas logo se lembrou por que quase não se dava ao trabalho de ser otimista: o piquenique terminou às seis, mas Wanda avisou que a família toda iria participar de competições que iam das seis às nove da noite — lançamento de dardos e de ferraduras seguido de partidas de truco. Depois, haveria uma grande fogueira onde poderiam assar marshmallows.

— Vai ser pura diversão — entoou Wanda um pouquinho mais tarde, limpando uma mancha de ketchup do rosto de Cindy.

• • •

Como era de se esperar, a família de Bob ficou em último nas competições de lançamento de dardos e de ferraduras, e em sétimo na de truco, mas Tyler foi o único a ficar chateado. Por sorte, sua decepção não durou muito. O garoto era igualzinho à mãe; não remoía o que não podia mudar. Apenas seguia para a nova possibilidade que o aguardava.

— A vida é sobre isso, Bob. — Era o que Wanda sempre dizia.

— Sobre possibilidades. Todos os dias estão repletos de possibilidades. Você só precisa procurar.

Aquilo lhe parecera uma gracinha durante os primeiros anos com Wanda. Com o tempo, passou a incomodá-lo… talvez porque não via muitas possibilidades agradáveis.

Aquele, por exemplo, estava longe de figurar nas primeiras posições de sua lista de "bons momentos".

A fogueira era na verdade um fogaréu imenso, expelindo fumaça que pairava em fiapos sufocantes sobre todo o gramado e a praia. Os olhos de Bob ardiam, e sua garganta parecia estar em carne viva.

— Olha a fogueilona, papai! — exclamou Cindy, puxando-o pela mão para que chegassem mais perto.

Por instinto, Bob agarrara a mão da filha ao ver as labaredas. Como a garotinha amava coisas brilhantes, ele sabia que seguiria direto na direção do perigo, o que de fato fez.

— Fogo é quente, lindinha — avisou ele. — A gente vai olhar daqui, pode ser?

Tentou levar a garota até duas cadeiras de praia bem longe do fogo, mas Cindy não quis nem saber.

— Não! Fogo! Quelo mashimélo!

Wanda segurou a outra mão da filha.

— Eu a levo até lá, Bob. Pode ir se sentar.

Ele largou a mão de Cindy.

—Valeu.

A mulher soprou um beijinho e foi com a filha na direção dos marshmallows e do fogo crepitante. Bob se virou para as cadeiras de praia, mas claro que já estavam todas ocupadas. Correu os olhos pela área, em busca de um lugar para se acomodar. Suspirando, seguiu até um dos troncos espalhados ao redor da fogueira e, desajeitado, empoleirou-se na borda curva da tora que fazia as vezes de banco.

De imediato, um mosquito apareceu e pousou no joelho de Bob. Com um tapa, ele matou o inseto.

— Achei que vocês não gostassem de fumaça — disse para o bicho morto.

— Acho que se acostumam — comentou um homem calvo e barrigudo enquanto se largava no tronco ao lado de Bob. — Talvez criem tolerância em lugares como este.

A voz dele era grave e suave. Poderia muito bem ser locutor de rádio.

— Será? — perguntou Bob, evasivo. Depois estendeu a mão.

— Bob Mackenzie.

— Steven Bell. — O sujeito apertou a mão de Bob. — Na verdade, acho que minha teoria é meio furada. Mosquitos nem vivem o bastante para criar tolerância a algo. Sabia que fêmeas e machos duram em média cinquenta e dez dias, respectivamente?

— Faz sentido — respondeu Bob. — As fêmeas e os filhotes nunca deixam os machos em paz.

Steven deu uma risada.

— Exato.

Com um gesto, apontou para duas lindas meninas loiras, que deviam ter uns treze ou catorze anos. Elas estavam de gracinha com alguns adolescentes que vestiam calças *tão larga*s que pareciam prestes a cair.

— Ou então acabam morrendo de preocupação. Aquelas duas mocinhas ali são minhas filhas. — Ele balançou a cabeça. — Não ando dormindo muito.

Bob assentiu.

— Imagino.

— Você também é pai de menina?

— De uma. Ela só tem três anos. Também tenho dois meninos.

— Ser pai é para os fortes — falou Steven. — Mas é divertido demais.

Bob apenas assentiu num gesto socialmente aceitável que não representava em nada sua real opinião sobre o assunto.

Eram quase onze da noite quando a família voltou ao chalé e as crianças estavam prontas para dormir. Os meninos deram boa-noite e subiram nas camas de solteiro, adormecendo quase no instante em que tocaram o colchão. Seus roncos logo começaram a reverberar nas vigas expostas do teto.

Cindy, por outro lado, estava com a energia lá no alto. Usava uma das mantas do chalé como capa e dançava pelo lugar gritando "Sou uma pincesa!".

— Ué, e cadê sua coroa? — perguntou Bob.

— Mandou benzão agora, hein, Bob? — ralhou Wanda.

E, como era de se esperar, Cindy armou o maior berreiro porque não tinha coroa.

— Ops... — murmurou Bob.

Wanda levou um tempão para convencer Cindy de que fariam uma coroa de princesa na oficina de artesanato do dia seguinte. Enquanto isso, ela podia pensar que tinha uma invisível.

— Tá — Cindy enfim concordou.

Wanda e Bob suspiraram de alívio, mas a menina ainda não estava pronta para dormir.

— Histolinha! — implorou, subindo no colo do pai.

Ele apoiou as costas na estrutura metálica da cama de casal. Tinha plena certeza de que, em outra vida, o móvel fora um instrumento de tortura medieval — conseguia machucar tanto as costas quanto a lombar ao mesmo tempo.

Bob abraçou Cindy e tentou ignorar o fedor de fumaça. Geralmente, a filha ia dormir cheirando a morango e baunilha — o primeiro perfume era do xampu, enquanto o segundo vinha do leite de amêndoas com baunilha que ela gostava de beber bem quentinho antes de se deitar. Wanda decidira pular o banho das crianças naquele dia por causa do cansaço, e Cindy já estava tão "entopelida" por conta de todo o "mashimélo" que não havia espaço para o leite.

Bob observou a esposa abrir a janela do outro lado do chalé. Ela era obcecada por deixar o ar noturno entrar em casa, por mais que estivesse frio. Naquela noite, ao menos o clima não estava congelante.

Wanda retornou, puxou as cobertas e subiu na cama ao lado de Bob. Depois olhou para a filha e perguntou:

— Certo, qual é a história de hoje?

Aquela era a rotina. Bob segurava a filha no colo enquanto Wanda contava uma história. Ele projetava e até construía casas, mas era incapaz de inventar uma narrativa mesmo que sua vida dependesse disso. Quem as criava era Wanda.

— Largata! — berrou Cindy, praticamente no ouvido do pai.

Bob fez uma careta, mas não disse nada.

— Beleza.

Wanda se inclinou e beijou o topo da cabeça da filha.

A menininha espirrou e se aninhou no colo de Bob, deitando no seu ombro. Wanda começou a contar uma história meio maluca sobre uma lagartinha que construiu o casulo errado e precisava recomeçar do zero para se transformar em borboleta. A certa altura, Bob ficou tentado a inserir alguns detalhes arquitetônicos sobre o processo de construção do casulo; mas como um homem sábio, escolheu permanecer calado.

No começo da história, Cindy ficava dando pitaco sobre como as coisas deveriam ser. A cada comentário, ela se contorcia e acabava acotovelando o pai em alguma área sensível do corpo. Era como tentar segurar um filhotinho de canguru — uma experiência da qual Bob não era o maior fã. Depois de uns cinco minutos, porém, ela fechou os olhos e seu corpo amoleceu.

Aquela era a parte da noite que Bob apreciava. Amava, na verdade. Quando Cindy relaxava, seu corpinho de criança preenchia os braços dele com sua maciez cálida, e segurar a filha no colo era uma das coisas mais gostosas e reconfortantes do mundo. Tanto que, às vezes, ele esquecia quem era e o que precisava fazer no dia seguinte. Esquecia de se sentir sobrecarregado, irritado e ressentido. Aquilo o fazia lembrar-se da própria infância, de se aconchegar na cama com seu ursinho de pelúcia todo esfarrapado.

— Os tampões de ouvido — sussurrou Wanda, estendendo os apetrechos.

Bob os pegou e os colocou com delicadeza nas orelhas da filha enquanto Wanda botava os próprios. A mulher deu-lhe um beijo na bochecha, vestiu a máscara de dormir e desejou boa--noite enquanto se deitava ao lado dele.

Mãe e filha começaram a roncar quase ao mesmo tempo. O primeiro ronco estrondoso da menina acertou em cheio o ouvido de Bob, o mesmo no qual ela tinha berrado momentos antes. Dessa vez, ele ajeitou a filha no braço, mas não a colocou imediatamente na bicama. Só ficou ali sentado, segurando a menina no colo e ouvindo os roncos da família.

Além deles, os ruídos noturnos da floresta despertavam os sentidos de Bob. Combinados com a doçura carinhosa da família adormecida ao seu redor, ele sentiu a tensão se esvair do corpo. Passar a noite em meio à natureza era uma das únicas coisas que ele sabia que iria curtir na viagem. Lembrava-se de quando dormia no saco de dormir ao lado do pai, sob as estrelas, ouvindo o cricrilar dos grilos. Mesmo naquela época, os sons noturnos da natureza tinham um efeito calmante sobre ele.

Bob tentou prestar atenção nos insetos, mas tudo que conseguia ouvir eram os barulhinhos baixos que Cindy fazia em seu colo. Também era agradável.

Espera. Será que aquilo era uma coruja?

Bob apurou os ouvidos. Sim, uma coruja devia estar piando não muito longe do chalé.

O pai de Bob, amante da natureza e dos animais, nutria grande interesse pelo simbolismo dos bichos. Havia ensinado ao filho que corujas eram vistas como mensageiras da morte, mas também podiam indicar mudança e renascimento. Que mensagem aquela coruja lhe reservava?

Bob não sabia — o que sabia era que, durante aqueles momentos gostosos com Cindy nos braços, conseguia se convencer de que sua vida era boa. Era capaz de assumir para si a mentalidade de "está tudo bem" que Wanda sustentava todos os dias.

De repente, Bob retesou o corpo. A imagem de um coelho laranja de colete xadrez surgiu em sua mente.

*Ralpho!*

— Ai, caramba... — sussurrou ele.

Como fora capaz de inscrever a família numa pegadinha tão cruel? Aquilo provavelmente deixaria Cindy traumatizada pelo resto da vida.

Ouvindo a sinfonia de roncos ao redor, Bob pensou em como a esposa e os filhos ficariam abalados se fossem acordados de repente. Fazer aquilo de propósito não era a coisa mais legal do mundo. *Não... Fala a verdade, Bob,* repreendeu a si mesmo. A verdade era que ter inscrito a família na visita do coelho era pura maldade.

Em que ele estava pensando?

Em si mesmo.

Naquele momento, via a esposa e os filhos dormindo pacificamente. Por mais que se sentisse deixado para trás naquela viagem, descontar a frustração na família não era nada justo. Era egoísta e infantil.

Ele suspirou. Bom, era tarde demais.

Com sorte, a visita do coelho não seria tão ruim.

Bob se afastou um pouco da esposa e, com cuidado, colocou Cindy na bicama. Depois botou os próprios tampões nos ouvidos e se acomodou. Apesar do cansaço, levou um bom tempo até conseguir cair no sono.

O patriarca da família Mackenzie se sentou na cama e levou as mãos aos ouvidos. Arrancou os tampões, desesperado, e sentiu o coração bater tão rápido que parecia prestes a sair pela boca. A camiseta cinza e o short de pijama estavam grudados no corpo por causa do suor.

*O que rolou aqui?*

Bob já não dormia muito bem normalmente, mas não a ponto de ter ataques de pânico ou suores noturnos. O que o acordara, então?

Correu os olhos pelo chalé. Estava tudo bem?

Parecia que sim. A esposa e os filhos entoavam uma harmonia estranhamente fofa de roncos e assovios. As portas estavam fechadas, mas pela janela aberta ainda dava para ouvir os ruídos pacíficos que tinham embalado seu sono. Não parecia haver nada de errado.

Bob tentou acalmar a respiração, mas não adiantou. Então se esforçou para lembrar com o que estivera sonhando antes de...

*Ralpho.*

Era com isso que estivera sonhando. Claro, a culpa havia contaminado seu sono.

Bob respirou fundo e saiu da cama. Pegou a lanterninha que carregava no chaveiro.

Usou a luz para não tropeçar na bicama e percorreu os poucos centímetros até o banheiro. Lá, fechou a porta e acendeu a luz sobre a pia. Encarou o próprio reflexo no espelho. Ainda era o mesmo Bob. Ou será que não? Aquele parecia meio ensandecido. Os olhos estavam vermelhos e o cabelo, arrepiado. Sua boca estava retorcida num esgar. Aquele Bob parecia alguém que tinha feito um pacto com o demônio. E será que não fizera mesmo? Ele soltou uma risadinha fanhosa e balançou a cabeça. Reparou que as sobrancelhas estavam ficando peludas demais. Ao longo do último ano, mais ou menos, o cabelo começara a rarear no topo da cabeça enquanto pelos ficavam mais espessos em outras áreas que ele não fazia a menor questão. Como algo assim poderia ser justo? E independentemente de qualquer justiça, qual era a utilidade daquilo?

Debruçado sobre a pia, Bob abriu a torneira de água fria e lavou o rosto. Enquanto a família continuava a roncar, voltou a pensar em Ralpho. Conferiu o relógio; eram dez para a meia-noite. Ele mal tinha dormido. Pelo jeito, a noite de sono não seria tão boa.

Faltavam só umas cinco horas até Ralpho aparecer. Talvez houvesse um jeito de Bob cancelar a visita. Se sim, como?

Será que havia algum monitor do acampamento disponível durante a madrugada? Sim, ele se lembrou. Os chalés não tinham telefone, e não havia sinal de celular no Acampamento Etenia. Enquanto folheava distraído o livreto de regras, porém, Bob descobrira que todas as instalações eram equipadas com um grande sino que podia ser usado para pedir ajuda em caso de emergência.

Aquela não parecia ser uma situação digna de se soar o sino. Na verdade, ele tinha quase certeza de que, se fizesse isso para cancelar a visita do coelho, seria expulso do acampamento.

*Bom, se bem que...*

Bob balançou a cabeça. Não humilharia a família toda ao tocar o sino de emergência para cancelar uma pegadinha, mesmo que aquilo pudesse livrá-lo daquelas supostas férias. Além disso, se tocasse o sino, a família toda descobriria os planos de Bob.

Ele se debruçou sobre a pia de novo e bebeu um gole de água. Depois de aprumar as costas e enxugar a boca, decidiu que estava fazendo um escarcéu à toa. Era uma pegadinha de nada. Ralpho devia ser só algum moleque fantasiado de coelho, certo? E tudo o que faria seria assustar um pouco as crianças, provavelmente irritar a esposa, e pronto. Nada de mais. Afinal, os pais não deveriam preparar os filhos para o mundo cruel que havia lá fora? Se ficassem tão abalados por causa de um coelho laranja barulhento, como sobreviveriam às batalhas reais da vida, como as que Bob enfrentava todos os dias?

O pai de família assentiu para o próprio reflexo e apagou a luz do banheiro. Havia se convencido de que a visita do coelho seria boa para as crianças. Estava fazendo um favor aos filhos.

E Wanda?

Bom, Wanda já era bem crescidinha. Podia lidar com aquilo. Caso contrário, bom... fora ela que o arrastara para aquele lugar absurdo. Um pouco de retaliação não faria mal algum... ou faria?

Ele assentiu de novo e voltou para a cama.

Bob ficou deitado de lado na escuridão. Tinha conferido a hora quanto tempo antes? Apertou o botão lateral do relógio, e a luzinha fraca revelou os números digitais. Apenas dezenove minutos haviam passado desde que ele checara a hora compulsivamente pela última vez.

E, antes daqueles dezenove minutos, tinham sido vinte e três. E, antes, outros trinta e três. E mais trinta e sete anteriormente. E quarenta e cinco minutos antes desse intervalo. Se continuasse naquele ritmo, acordaria de minuto em minuto ao longo da próxima meia hora.

Quase duas horas e quarenta minutos se debatendo na cama e abrindo os olhos para conferir o relógio — que noite maravilhosa. Ao que parecia, nem ele acreditava nos próprios argumentos a favor da visita do coelho.

Bob fechou os olhos e tentou voltar a dormir.

E, como era de se esperar, checou o relógio só treze minutos depois. Então, sete. Enfim, três.

Eram quase três da madrugada. Faltavam duas horas.

Uma e meia.

Uma hora.

Meia hora.

Quinze minutos.

Cinco.

Os olhos dele ardiam como se algo tentasse escapar lá de dentro. Bob esquadrinhou devagar o chalé, mas tudo que viu foi o breu.

A casa deles nunca ficava tão escura daquele jeito. Além das luzes externas da varanda, havia vários postes de luz nas ruas do condomínio.

Os chalés do Acampamento Etenia não tinham iluminação externa pois, de acordo com o panfleto, aquilo "arruinaria a experiência de imersão na natureza". Wanda havia levado um pequeno abajur de casa, mas os meninos não quiseram que a mãe o acendesse.

"Vai arruinar a experiência de imersão na natureza, mãe", haviam dito em uníssono antes de caírem na gargalhada. Assim, o interior do Chalé Nuttah não passava de um borrão escuro. Não fossem os roncos da família, Bob poderia se convencer de que estava sozinho no vácuo.

Ele ficou imóvel, tentando captar qualquer ruído. Será que era Ralpho chegando? Será que o coelho já estava por perto? Talvez bem do lado de fora do chalé?

Sentiu um calafrio, e estremeceu no escuro.

— Cagão... — sussurrou para si mesmo.

Desejou ouvir algo além de roncos. Ralpho poderia muito bem estar atrás da porta, e Bob só saberia quando ela se abrisse.

Revirou o chaveiro até achar a lanterninha e a apontou para a entrada do chalé. Soltou o ar. Certo. Tudo sob controle. Assim, conseguia ver o que estava vindo.

Mas e aí? Devia só ficar esperando Ralpho surgir do nada e aterrorizar sua família?

Que tipo de pai faria aquilo?

Bob jogou as cobertas de lado e ficou de pé.

Wanda deu um ronco alto e se virou. Cindy fez um som parecido com uma risadinha.

Bob iluminou a porta de novo. Será que deveria conferir se tinha alguém lá fora?

*Claro, seu idiota*, disse a si mesmo. Ficar parado ali no escuro não levaria a nada.

Então foi até a cômoda entre a cama e a janela, na lateral direita do chalé. Abriu a primeira gaveta e tateou o conteúdo até encontrar uma calça de moletom, que vestiu logo em seguida. Depois avançou até a porta e calçou os chinelos, alinhados caprichosamente rente à parede ao lado de sapatinhos menores. Abriu a porta, tenso pela expectativa de ser golpeado na cabeça com um par de pratos.

Mas não havia ninguém no alpendre.

Bob observou a escuridão que cercava o Chalé Nuttah. Olhou para o céu. Nada de lua. Nada de estrelas. Pelo jeito, as nuvens haviam voltado. Mas qual era a serventia delas à noite? E onde estava a chuva?

Não importava. Ele estava perdendo o foco.

Resistindo ao ímpeto de ligar a lanterna, Bob deixou os olhos se adaptarem ao escuro. Não demorou muito para começar a identificar vultos. Conseguia ver os contornos vagos dos três chalés mais próximos, além dos padrões verticais da mata que margeava o acampamento. Entre dois chalés, algumas formas distorcidas deixaram Bob confuso até se lembrar de que havia um parquinho por ali.

Viu uma luz lampejando naquela área e congelou. Será que era Ralpho? E se Ralpho também estivesse carregando uma lanterninha, assim como ele?

Bob forçou os olhos para enxergar no escuro. Depois se deu conta de que aquilo era um cigarro aceso. Ótimo. Coelhos não fumavam.

Precisou se conter para não rir. Coelhos não fumavam? Será que estava surtando? Ralpho não era um coelho de verdade.

Bob observou o minúsculo círculo de luz, que subiu e desceu algumas vezes. Depois, ele começou a discernir os contornos de um homem. Um homem, não um coelho.

Fechando a porta do chalé atrás de si, Bob saiu para o alpendre e atravessou os trinta metros que o separavam do cigarro aceso.

O ar da madrugada estava fresco e denso com o cheiro pungente da mata e da grama recém-cortada. Bob sentiu os dedos dos pés úmidos pelo orvalho enquanto caminhava. Longe do chalé tomado pelos roncos, dava para ouvir os sons mais claramente; grilos cricrilavam sem parar. Também podia ouvir o farfalhar e os estalos das árvores se curvando ao sabor do vento, que pelo jeito havia começado a soprar durante a noite. Conforme se aproximava da pequenina fonte de luz, Bob ouviu o ruído de pés se arrastando no chão rochoso e um suspiro alto.

— Opa — cumprimentou, baixinho, e a luz minúscula se agitou num sobressalto. — Foi mal assustar você. Eu... acabei perdendo o sono.

Bob ouviu a pessoa inalar a fumaça e depois a expelir. O cheiro mentolado fez suas narinas arderem.

— Eu também — respondeu o fumante, numa afirmação óbvia.

O clique de uma lanterna soou, e o fumante banhou o próprio rosto com a luz. O ângulo o fazia parecer sinistro, ainda mais com a fumaça saindo pelo nariz, mas dava para ver que devia ser só um sujeito normal à luz do dia. Tinha um espesso cabelo claro, e os olhos pareciam ser azuis. Seu semblante, no entanto, era triste.

Pegando a lanterninha, Bob iluminou o próprio rosto e riu.

— Não é nosso melhor ângulo, né?

O fumante pareceu sorrir, embora fosse difícil ter certeza. O efeito macabro da lanterna transformou o gesto num esgar.

— Bob, prazer — disse, estendendo a mão.
— Phillip.

O homem deu a última tragada no cigarro e apagou a bituca entre os dedos antes de apertar sua mão.

Bob se sentiu meio intimidado com a coisa de apagar o cigarro na própria pele, mas disse a si mesmo para superar aquilo. Ao varrer os arredores com a lanterna, viu que Phillip estava com o corpo apoiado na estrutura dos balanços. Bob ficou tentado a se sentar num deles, mas achou que ficaria parecendo ainda mais um garotinho.

— Você também se inscreveu para a visita do coelho? — questionou Phillip.

A respiração de Bob vacilou como a chama de uma vela. Precisou correr a língua pelo interior da boca antes de responder.

— Aham.

Phillip acendeu e apagou o isqueiro, depois o guardou no bolso.

— Não foi uma decisão muito inteligente da minha parte — comentou o sujeito.

A expressão dele parecia tensa demais para a situação, não?

— Passei boa parte da noite acordado pensando nisso — admitiu Bob, e conferiu o relógio.

— Que horas são? — perguntou Phillip.

— Cinco e oito — respondeu Bob.

— Por que o tempo não passa devagar assim quando as coisas estão bem? — indagou Phillip.

Bob não respondeu. Que utilidade teria?

Então só ficou ali parado no escuro com Phillip, ouvindo o vento. Também parecia ouvir o tique-taque de um relógio imaginário. O som era mais alto do que o de qualquer relógio de verdade que Bob já ouvira.

Ralpho poderia aparecer a qualquer minuto.

Os dois ficaram atentos, à espera. Bob sentia o estômago se revirar como se estivesse cheio de cobras inquietas. Parecia prestes a vomitar, mas conseguiu se conter. As serpentes se acomodaram, mas ainda se debatiam.

— Minha mãe colecionava coisas — contou Bob.

Phillip se virou ao ouvir as palavras inesperadas, ajeitando as costas contra a estrutura do balanço.

Até Bob ficou surpreso. Não sabia que diria aquilo em voz alta até as palavras terem escapado da boca. Mas agora que começara a falar, precisava terminar. Era melhor do que ficar ali esperando por um coelho laranja enquanto a ansiedade o devorava vivo de dentro para fora.

— Os itens preferidos dela eram cestos e xícaras de porcelana.

A imagem da mãe lhe invadiu a mente. Era uma mulher das antigas, muito feminina. Sempre vestia calças em tons pastel e blusas de seda com estampa floral, mesmo quando estava limpando a casa. Tentava ao máximo ser a esposa perfeita, e sempre mimara o filho. Bob achava que teria uma vida como a do pai. Chegaria do trabalho, colocaria os pés para cima e leria o jornal…

Que belo choque geracional… *Não que Wanda não fosse uma ótima esposa.*

Bob se lembrou de que estava no meio da história.

— Ela deixava os cestos preferidos em cima do baú da sala de jantar, e as xícaras no aparador ao lado.

Bob fez uma pausa e ouviu o vento. Era o vento, não era? Ao ver que nada tinha aparecido, continuou:

— Um dia, achei que seria divertido acertar minha bola de basquete num dos cestos dela. Não sei por que na época me pareceu uma boa ideia. Eu tinha nove anos.

53

Phillip ficou calado.

A sensação de urgência que Bob sentia desde que saíra da cama de repente se multiplicou por dez. Por isso, retomou a história.

— Então arremessei a bola num arco perfeito. Eu andava treinando, e acertei o cesto maior. Fiquei pulando de um lado para o outro como se estivesse num campeonato, imitando os sons da torcida, batendo palmas e comemorando. Mas aí a bola começou a tombar o cesto, que foi caindo. Tudo aconteceu em câmera lenta, tipo um milésimo de centímetro se movendo a cada vários segundos... Ou pelo menos foi o que pareceu. Depois o cesto despencou de lado, e a bola passou pelos outros cestos antes de escorregar pela lateral do baú. Estava na cara o que iria acontecer, então saí correndo para impedir. Mas não tinha como. Não tinha mais jeito: a bola caiu e acertou o aparador, espalhando as xícaras da minha mãe para todos os lados. Todas quebraram, menos uma. Minha mãe ficou arrasada.

Bob fez uma pausa e pigarreou.

— No instante em que tomei a decisão de fazer o arremesso, todo o resto saiu do meu controle. — Ele balançou a cabeça. — Acho que tomei uma decisão parecida hoje com a visita do coelho.

Um som que era uma mistura de uivo com grito ecoou ao longe.

Bob e Phillip se viraram de repente.

Será que era o vento?

Ou outra coisa?

Phillip tossiu, depois pigarreou outra vez.

— Minha mãe morreu quando eu tinha cinco anos — disse, a voz rouca pelo cigarro. — Mal me lembro dela. Mas lembro como meu pai era antes de ela morrer: um ótimo pai. Ele me ensinou a jogar bola, sempre me mostrava no que estava trabalhando quando fazia reparos nas coisas, contava historinhas para mim antes de dormir. Mas depois que minha mãe morreu, ele...

Phillip se calou quando um som agudo percorreu todo o acampamento.

Os músculos de Bob se contraíram de medo e pavor. Achava que Phillip não terminaria a história, mas de repente o sujeito continuou:

— Meu pai se perdeu. Ficou perdidinho. Não conseguia fazer mais nada por mim, só pensava em si mesmo. Acabou virando um péssimo pai.

Phillip se afastou da estrutura dos balanços e acendeu a lanterna. Em seguida se virou e olhou Bob nos olhos.

— E eu virei um pai igualzinho a ele.

Antes que Bob pudesse responder, Phillip apagou a lanterna e se afastou. A noite o arrancou do alcance da realidade de Bob e o colocou em algum local além de seus sentidos. E ele ficou ali sozinho, repensando as próprias atitudes com mais discernimento do que qualquer pessoa gostaria.

— Chega — disse, enfim.

Bob cancelaria a visita do coelho.

Seguiu mata adentro, na direção de onde imaginava terem vindo os dois últimos barulhos, a mesma em que ficava o chalé da sede. Talvez houvesse alguém ali, alguém que pudesse encontrar Ralpho e cancelar a visita do coelho ao chalé dos Mackenzie.

A sede ficava a uns noventa metros, mas pareceu muito mais longe conforme Bob avançava, munido apenas da lanterninha de bolso, o caminho de cascalho serpenteando em meio à mata cerrada e ao redor de chalés escuros. Ele começou caminhando, mas rapidamente passou a trotar, torcendo para não tropeçar numa raiz ou em bolas ou remos perdidos. Não tinha tempo a perder. Ralpho podia aparecer no Chalé Nuttah a qualquer momento. Talvez já estivesse lá, inclusive!

Quando ele atravessou a margem de árvores e saiu para a área aberta diante da sede, seus ombros murcharam. O chalé estava tão apagado que parecia abandonado. Era loucura, claro. Devia ter alguém lá dentro.

Bob hesitou no meio do gramado íngreme e orvalhado. Será que deveria bater na porta e acordar alguém?

Um guincho ecoou entre as árvores. Bob se virou para espiar o caminho por onde tinha vindo. Parou de pensar e simplesmente entrou em ação. Voltou a correr e refez os próprios passos até a metade do caminho para seu chalé. Para sua família. Depois ouviu um farfalhar que tornou a embrulhar seu estômago e desencadeou um calafrio gelado por suas costas.

Será que era Ralpho?

Bob apontou o feixe estreito da lanterna para a vegetação rasteira de ambos os lados da trilha. A luz pálida iluminou as folhas caídas de um rododendro silvestre. A planta parecia estar tremendo.

Era imaginação de Bob, com certeza.

Claro que era. O vento apenas agitava as folhas verdes e úmidas.

Mas seria mesmo o vento? A vegetação não estava se movendo numa direção que fizesse sentido.

Uma explosão abrupta de estalos e crepitações indicou que algo parecia se afastar na lateral do caminho. Sem pensar nas consequências, Bob saiu da trilha e mergulhou na vegetação cerrada, seguindo os sons.

Um estalo. Um farfalhar.

E um tilintar.

Que barulho era aquele?

Bob parou de repente, perdendo o equilíbrio. Estendeu a mão para se firmar, ralando a palma no tronco áspero de uma árvore. Apagou a lanterna de bolso e apurou os ouvidos.

De novo o ruído. Mal dava para ouvir, era um som metálico bem baixinho.

Será que era um par de pratos?

Tentando fazer o mínimo de barulho possível, Bob voltou a se mover para seguir os sons, que pareciam se afastar dele num ritmo estável, na direção das extremidades do acampamento… Na direção do Chalé Nuttah.

Mas talvez esse nem fosse o destino pretendido. Havia pelo menos outros cinco chalés nos arredores.

*É, vai achando*, Bob repreendeu a si mesmo enquanto acompanhava os sons floresta adentro.

Era movido pelo instinto, com medo de voltar a acender a lanterna. Teve a sensação insana de que Ralpho estava tirando uma com a cara dele, brincando de uma versão assustadora de esconde-esconde.

Com o que Bob estava lidando? Seria um monitor do acampamento brincalhão, um animatrônico com os circuitos defeituosos… ou algo ainda mais perigoso?

Forçando o cérebro a desligar os terminais de pensamento e focar apenas em manter seu corpo em movimento, Bob prestou atenção em onde pisava e avançou pela floresta com a determinação de Wanda ao cruzar as lojas durante as liquidações pós-Natal. Tinha um único objetivo: deter o coelho laranja. Não se distrairia.

Mas calma...

Bob parou ao lado de um cedro imenso.

Ficou ali ouvindo...

E ouvindo.

E ouviu... nada.

Absolutamente nada.

Será que tinha imaginado todos aqueles sons?

Ou Ralpho havia se cansado de brincar com ele?

E se Ralpho estivesse se aproximando do Chalé Nuttah?

E se o coelho já estivesse lá?

Bob voltou aos tropeços para a trilha; ao chegar lá virou a lanterna para iluminar o caminho. Depois, saiu correndo feito um doido.

Não corria assim desde que parara de jogar futebol americano no ensino médio. Havia flertado com a corrida de rua, mas o hábito não vingou. Assim, quando chegou ao chalé, mal conseguia respirar. Tudo o que conseguiu foi abrir a porta e se jogar para dentro.

Em seguida, fechou a porta com firmeza e escorregou até o chão, as pernas esticadas diante de si. Arfou, tentando encher os pulmões desprovidos de oxigênio. Estava ofegando tão alto que o som quase encobria os roncos da família. Quase, mas não completamente.

Bob teve um momento de clareza ao assimilar aquele fato: eles ainda estavam dormindo. Estava tudo bem.

Bob conferiu o relógio de pulso. Eram só 5h25.

Franziu a testa. Como era possível? A impressão era de que passara pelo menos uma hora correndo pela mata.

Bob deu de ombros. Não importava. O importante era que estava ali, e Ralpho não.

A porta vibrou com uma batida. Ele soltou um gemido e ficou completamente imóvel.

Talvez, se não abrisse, Ralpho fosse embora.

Outra batida, mais alta.

Bob ficou de joelhos e esperou.

Uma nova batida. Ainda mais insistente.

Certo, se fingir de morto não ia funcionar. Muito em breve, Ralpho começaria a socar a porta e acordaria a família toda. Não era justamente aquilo que Bob tentava impedir?

Por isso se virou, agarrou a maçaneta e abriu uma frestinha de alguns centímetros. Olhou para fora.

Tudo o que conseguiu fazer foi não berrar.

De longe, no imenso chalé da sede, a visão de Ralpho já tinha sido meio arrepiante. Mas, de perto, era completamente assustador. Recuando um passo, Bob apoiou um pé atrás da porta, segurou a maçaneta com força e bloqueou a fresta com o corpo. Encarou Ralpho. Para isso, precisou olhar para cima. Bem para cima. O coelho tinha dois metros de altura, isso sem contar as orelhas no topo da cabeça! Deviam ter mais uns trinta centímetros. Falando em cabeça... era um cabeção tão grande que chegava a ser perturbador, quase do tamanho de uma das bolas de pilates em que Wanda gostava de se sentar.

Bob se forçou a não desviar os olhos dos de Ralpho, tingidos de um rosa inquietante. O coelho o encarou de cima a baixo, sem se mover.

— Então, Ralpho... — A voz de Bob saiu falhada, como se fosse mais novo do que Tyler. Ele pigarreou e tentou de novo:

— É o seguinte, Ralpho... Com todo o respeito, eu queria pedir que a gente... hã... cancelasse a visita do coelho.

Ralpho não se moveu.

— Sinto muito por ter feito você vir até aqui — continuou Bob. — Agradeço seu tempo, mas... Enfim, decidi que a visita do coelho não vai ser legal para a minha família.

O coelho continuou impassível.

— Então, como eu falei... — retomou Bob. — Com todo o respeito, eu gostaria de dispensar seu serviço.

Bob prendeu a respiração.

Um segundo. Dois. Três. Quatro.

Ralpho assentiu devagar, deu as costas e desceu os degraus do Chalé Nuttah.

Bob fechou a porta, trancou a maçaneta e se apoiou ali, suspirando fundo. Sentiu os olhos se encherem de lágrimas. Nem se lembrava da última vez que havia sentido tanto alívio.

Estava acabado. Tinha conseguido consertar o erro, afinal de contas.

Deslizou de novo até o chão. Ficou ali sentado, ouvindo os roncos da família. Fez um lembrete mental de gravar aqueles sons depois que voltassem do Acampamento Etenia. Os roncos serviriam muito bem para relaxar.

— Bob?

Ele virou a cabeça tão rápido que a bateu com força na porta.

Ouviu Wanda se ajeitar na cama de casal.

— Cadê você? — perguntou ela.

— Aqui.

Bob acendeu a lanterninha de bolso e ficou de pé.

— Por que você está acordado?

— Não sei.

Bob não iluminou Wanda para ver a reação dela à sua resposta, torcendo para que a esposa estivesse meio adormecida.

O cérebro dela geralmente demorava algumas horas para pegar no tranco.

— Será que você pode iluminar o banheiro? Assim não preciso acender minha lanterna. Que horas são?

As mantas e os lençóis farfalharam. As velhas molas ensacadas do colchão rangeram.

Bob conferiu o relógio de novo.

— São 5h28.

Então apontou a lanterna para o caminho de Wanda. A luminosidade foi suficiente para ver que ela havia tirado a máscara de dormir. Não olhou na direção dele — o que era ótimo, porque Bob não tinha a menor ideia de como explicar o que estava fazendo sentado diante da porta do chalé.

— Ah, cedo demais para acordar — respondeu ela.

— Com certeza.

Bob ouviu o que pareciam ser passos leves do lado de fora. Prendeu a respiração, inclinando a cabeça para ouvir. Será que era uma pinha rolando pelo alpendre? Talvez fosse.

Wanda foi até o banheiro e fechou a porta. Bob não viu nenhuma luz escapar por baixo. Ouviu a esposa fazendo xixi, mas voltou a escutar o farfalhar lá fora.

Eram ruídos rítmicos demais para serem provocados por uma pinha. Será que Ralpho tinha voltado?

Bob apoiou as costas na porta. Não sabia dizer o porquê. Aquilo não impediria o coelho de bater — e, se ele fizesse isso enquanto Wanda ainda estivesse acordada, tudo iria por água abaixo.

A esposa saiu do banheiro, o olhar fixo no caminho iluminado pela lanterninha de Bob. Nem olhou para o marido.

— Bom, vou voltar a dormir — avisou Wanda. — Você vem também?

— Já, já — respondeu Bob.

*Espero*, pensou.

Do lado de fora, o farfalhar voltou, parecendo mais próximo. Bob congelou como uma estátua. Não tinha ideia do que fazer.

Wanda se ajeitou na cama.

— Apaga a luz, por favor? — pediu.

Ao desligar a lanterna, ele ouviu a mulher afofando o travesseiro e suspirando de prazer.

Algo bateu de leve na porta, que se moveu um pouco. Bob se apoiou com mais firmeza na madeira polida.

Os roncos de Wanda se juntaram aos das crianças.

Na altura do quadril de Bob, a maçaneta chacoalhou.

Que porcaria era aquela?

Ele se afastou da porta e apontou a lanterna para a maçaneta. Estendeu a mão, se preparando para escancarar a porta e perguntar a Ralpho — ou quem quer que estivesse ali — o que queria. Antes de tocar na maçaneta, porém, sentiu algo similar a um choque de estática — só uma descarga bem leve na ponta dos dedos.

Na mesma hora, Bob soube que era um alerta. Simplesmente soube.

Abrir a porta seria uma péssima ideia.

Franziu a testa. Como assim? Aquilo era ridículo. Ele estava pirando.

Sim, tinha alguém do outro lado da porta. Alguém estava mexendo na maçaneta. Ou era Ralpho, ou outro hóspede do acampamento. Bob conseguiria lidar com qualquer uma das opções…

Conseguiria?

Um som metálico de algo arranhando veio da porta. Bob inclinou o corpo, prestando atenção. Estavam tentando arrombar a maçaneta.

Ele sentiu os pelos dos braços se arrepiando. Ralpho — ou alguém — queria invadir o chalé.

O que faria agora?

Bob olhou ao redor, desesperado. Precisava… *Do que* precisava? De um celular? Não, não tinha sinal ali.

Do sino! Não, aquilo não funcionaria: o sino ficava no exterior do chalé. Ficava lá fora, na ponta do alpendre. Para alcançá-lo, Bob precisaria passar por quem quer que fosse o invasor. Que beleza de sistema de emergência, hein?

Uma arma. Bob precisava de uma arma. Varreu o chalé com a lanterna. Claro que não havia armas tradicionais à disposição. Nada de revólveres, facas ou espadas. Afinal, era um acampamento de verão, não de treinamento militar. Não havia sequer um taco — os filhos não tinham se inscrito no softbol.

A lanterna iluminou raquetes de tênis e varas de pesca. Bob engoliu uma risadinha histérica quando sua mente conjurou a imagem. Imaginou-se lutando contra o coelho laranja com uma raquete numa das mãos e uma vara na outra.

De repente, Bob ouviu um estalido e um clique.

Bom, ele precisava fazer alguma coisa!

Agarrou uma das cadeiras com espaldar de madeira e a posicionou de modo a travar a maçaneta por baixo.

Bem a tempo: a porta começou a se abrir, mas foi detida pela cadeira. Bob ficou olhando, prendendo a respiração.

Algo trombou com a porta, que avançou alguns poucos centímetros, empurrando a cadeira pelo assoalho de madeira. Bob ajeitou o espaldar embaixo da maçaneta e o segurou no lugar. Aquilo deteve o movimento, mas a porta já estava uns cinco centímetros aberta. Com a respiração acelerada, Bob iluminou a fresta. Chegou mais perto para enxergar melhor.

A ponta de uma pata laranja peluda tentava se esgueirar pela abertura.

Bob deu um salto para trás.

—Vai embora! — chiou. — Eu já falei que quero cancelar a visita do coelho.

Ralpho não parecia ligar para as vontades de Bob. Por vários segundos, apenas moveu a pata de um lado para o outro na fresta. Com a lanterninha, Bob a cutucou, tentando empurrar o coelho para fora — mas Ralpho tentou agarrar a lanterna! Bob a puxou de volta, depois bateu na pata de Ralpho com ela. A mão do coelho estremeceu, mas continuou ali, então Bob a socou o mais forte que conseguiu.

A dor se espalhou pelas juntas dos dedos do patriarca, que viu algo escuro e úmido manchando a pata laranja. Antes que pudesse se dar conta do que aquilo significava, porém, a pata sumiu pela abertura.

Bob inspirou, depois expirou com força. Certo. Talvez o coelho fosse embora de vez. Deu uma olhada no relógio: eram 5h36. Sem dúvida Ralpho logo desistiria e iria visitar outros chalés na rota da visita do coelho. Bob cogitou voltar para a cama. Seus olhos ardiam como se estivessem cheios de cacos de vidro. Como participaria de um dia inteiro de atividades depois de uma noite sem dormir?

Um baque soou de algum ponto sob a janela panorâmica, e Bob girou naquela direção. Ralpho não tentaria entrar pela janela, tentaria? Ele mirou a lanterna para a abertura envidraçada logo atrás da mesa e das cadeiras. Arfou quando a luz banhou a silhueta de uma cabeça deformada.

— Ai, não, não, não — sussurrou, saltando até a janela.

Estava trancada, não estava?

A janela começou a abrir.

Não, pelo jeito não estava. Ou estava, mas Ralpho tinha dado um jeito de destravar. Ou trancas eram irrelevantes para Ralpho, assim como o pedido de Bob de que ele fosse embora.

A janela se abriu mais, e uma pata laranja passou pela fresta. Depois uma orelha.

*Por que você não fica aí parado olhando? É um ótimo plano, Bob.*

Os comentários sarcásticos para si mesmo faziam sentido. Ele precisava se mexer, então foi o que fez. Mas enquanto saltava para pegar uma das raquetes penduradas na parede, percebeu que estava sendo duro demais consigo mesmo. Afinal de contas, era razoável ficar atordoado na presença de um intruso peludo e laranja.

As orelhas e boa parte de um dos braços de Ralpho já haviam passado pela janela quando Bob começou a golpear a criatura com a raquete de tênis. Tomou cuidado para acertar só o coelho e não o vidro, de modo que as pancadas defensivas saíram até que silenciosas. Os roncos da família não pararam.

Nem Ralpho. Aparentemente inabalado pelos golpes, o coelhão continuou tentando invadir o chalé.

— Vai embora! — sussurrou Bob.

Mas Ralpho não respondeu.

Bob olhou para a pata do bicho, a meros centímetros do seu peito. A pelagem estava manchada de sangue.

Como assim? Sangue?

Bob parou de golpear com a raquete. Apontou a lanterna para Ralpho, cuja cabeça já se esgueirava para o interior do chalé, e encarou os olhos perturbadores.

— Tudo bem aí? — perguntou.

Ralpho ficou olhando, mas não disse nada.

Não era só um cara numa fantasia esquisita de coelho? Ralpho não era *real*, era?

A cabeça avançou pela janela.

Bob não podia permitir que Ralpho adentrasse o chalé, independentemente do que fosse. Por isso, segurou o cabo da raquete com mais força — mas, em vez de desferir um golpe, usou o equipamento para empurrar a cabeça de Ralpho para fora. Grunhindo, empregou toda a força possível. Por alguns segundos, Ralpho resistiu. Era como um cabo de guerra ao contrário. Mas Bob pensou na família adormecida, e aquilo lhe deu o ímpeto final de que precisava.

Ralpho tombou para fora do chalé. Com movimentos rápidos, mas silenciosos, Bob fechou e trancou a janela. Ao se dar conta de que estava arfando alto, parou por alguns segundos para se recompor. Enfim soltou uma longa expiração abafada, feliz ao ver que não estava mais soando como o apito de um trem.

Como era possível Ralpho estar *sangrando*?

Se fosse mesmo um cara fantasiado, por que estaria disposto a se *machucar* para pregar uma peça?

Até aquele momento, a parte lógica do cérebro de Bob tentara convencê-lo de que o esforço destinado a manter Ralpho fora do chalé era completamente desproporcional. Quem quer que estivesse usando a fantasia de Ralpho ou controlando o animatrônico estava sendo persistente, de fato, mas talvez fosse só parte de uma pegadinha que a equipe do Acampamento Etenia gostava de pregar em quem tinha a audácia de tentar impedir a visita do coelho. A urgência de Bob, a convicção de que enfrentava um inimigo realmente perigoso, provavelmente era só coisa da sua cabeça.

Mas o fato de Ralpho estar sangrando tornava a teoria de Bob muito improvável. E se o coelho estivesse de fato tentando entrar no chalé para machucar a família?

Talvez Bob estivesse maluco.

Mas talvez não.

A janela do lado esquerdo do chalé começou a se abrir.

Bob grunhiu. Tinha esquecido completamente que Wanda a deixara destrancada.

Bob disparou na direção da janela. Assim que a pata laranja manchada de sangue surgiu na abertura, Bob fechou a janela para prender o coelho no vão. Os dedos sangravam profusamente, tateando de um lado para o outro. Bob pegou a caixa de pescaria ali perto e acertou a pata com força. O conteúdo da caixa se agitou, e o barulho fez Bob se deter. A pata do coelho se curvou, e Bob abriu a janela apenas o suficiente para empurrar a criatura para fora usando a caixa. Depois, puxou, fechou e trancou a abertura.

Bob varreu de novo o chalé com a lanterna. O que Ralpho faria a seguir?

*Pensa, Bob, pensa*, repreendeu a si mesmo.

Pensar, no entanto, era uma má ideia. Se pensasse, teria que encarar o fato de que realmente era Ralpho — um Ralpho muito determinado, a ponto de sangrar para alcançar seu objetivo — tentando invadir o chalé. O que mais poderia ser? Bob definitivamente não queria pensar no assunto. Naquele instante, cada um de seus instintos lhe dizia para manter Ralpho longe a todo custo.

A questão já não era impedir que o coelho *assustasse* a esposa e os filhos. Era mais uma questão de impedir Ralpho, ponto-final. Bob não saberia explicar toda aquela história nem se alguém colocasse uma arma na sua cabeça, mas simplesmente sabia que haveria consequências terríveis se o coelho adentrasse o chalé.

Com a cabeça tombada de lado, ficou prestando atenção. Percebeu que não tinha ideia de onde Ralpho estava. Será que o coelho ainda aguardava do lado de fora ou já tinha ido para outra janela?

O patriarca ficou imóvel, de orelha em pé. No início, não escutou nada. Conferiu o relógio. Eram 5h43.

— Faltam dezessete minutos — sussurrou baixinho.

E havia uma última janela por onde Ralpho poderia entrar. O que Bob estava esperando?

Lá fora, o farfalhar rítmico passava de um lado para o outro da porta do chalé. O chiado parecia se afastar de Bob. Ralpho seguia na direção da outra janela, a que ficava bem ao lado da cama de casal onde Wanda estava dormindo.

Bob sabia que precisava garantir que a abertura estava trancada, mas seus *pés* pareciam estar grudados no chão. Mais chiados. Ralpho estava quase na extremidade do alpendre, prestes a contornar o chalé.

Enfim, Bob se mexeu.

Correu pelo chalé a passos tão leves quanto possível, passando pela esposa e filha adormecidas. Assim que chegou à janela, o painel começou a se abrir. Bob agarrou a estrutura e a empurrou de volta.

Ralpho continuou insistindo.

Depois de enfiar a lanterninha no bolso, Bob usou as duas mãos para fechar a janela. Tentou manter a respiração sob controle. Não queria grunhir ou gemer com o esforço. Só ficou ali, empurrando a janela para um lado enquanto Ralpho a empurrava para o outro.

Era um impasse.

Quanto tempo tinha passado ali, se esforçando para fechar a janela? Pareciam horas, talvez dias. Seus músculos começaram a sofrer espasmos. Os bíceps pareciam ter fogo líquido nas veias sendo bombeado na direção dos ombros. A vontade dele era gritar de dor e frustração.

Do lado de fora, a luz que precedia a aurora empurrava o breu para longe. Bob conseguia discernir a imensa cabeça e as orelhas de Ralpho. Estava a centímetros do adversário. Apenas uma vidraça separava os dois — uma vidraça e a determinação de Bob de proteger sua família. Ele fechou os olhos e dedicou todo seu esforço à tarefa.

De repente, a janela se fechou. O estalido da trava pareceu soar absurdamente alto.

Wanda se mexeu na cama, mas não acordou.

Fraco, Bob trancou a janela. Depois deixou os braços caírem ao lado do corpo e os chacoalhou. A sensação era de que ambos tinham se transformado em cordas molengas.

Afastando-se das camas, Bob enxugou o suor do rosto. Estava tomado por uma sensação ridícula de missão cumprida.

Um baque e um estrondo vieram de algum local embaixo do chalé. Ralpho persistia.

Bob tirou a lanterninha do bolso e apontou para o chão. O alçapão!

Correu até a portinhola e se postou ali. Logo de cara, se sentiu um imbecil. O peso do seu corpo não bastaria para manter o alçapão fechado — não se ele ficasse de pé. Se tentasse abrir a portinha, Ralpho o desequilibraria com muita facilidade. Será que se sentar sobre o alçapão funcionaria?

Bob assim o fez. Prestou atenção nos barulhos sob o assoalho, que pareciam cada vez mais próximos. Quanto mais se aproximavam, mais pensava em como Ralpho era grande. Ele próprio não era pequenininho, mas não sabia se a pessoa dentro daquela fantasia tinha força o bastante para tirá-lo de cima do alçapão. E depois?

O que podia fazer? Analisou os arredores, tentando pensar em uma solução. Seu olhar recaiu sobre a cômoda.

Correu até lá e tentou empurrar o móvel. Era pesado, mas deslizou sem dificuldades. O único problema era o barulho — os roncos de Cindy pausaram por um instante, depois recomeçaram.

Bob correu o olhar pelo chalé. *Pensa, pensa, pensa.*

Viu a manta dobrada no cantinho da bicama. Lembrou-se de Cindy brincando com ela. Se a menina não tivesse usado a peça como capa mais cedo, ele provavelmente nem a notaria.

Com pressa, agarrou a manta e a estendeu no chão.

Outro baque e farfalhar reverberaram por baixo do chalé. Ralpho estava quase no alçapão.

Bob puxou a cômoda para si, depois a virou de lado. Foi abaixando até acomodar o móvel em cima da manta. Depois se agachou, agarrou a borda do tecido e começou a puxar a cômoda na direção do alçapão o mais rápido que conseguiu.

A portinhola começou a se abrir.

Bob se jogou em cima dela, que se fechou com um estalido que o fez se encolher. Os roncos, porém, continuaram.

Ele voltou a se esticar para puxar a manta, rebocando a cômoda às pressas. A portinhola voltou a se mexer sob seus pés. Esbaforido, Bob recuou e puxou a cômoda para cima do alçapão. Depois a colocou de pé outra vez e se sentou no tampo. O móvel começou a chacoalhar, e Bob teve a impressão de estar em um parque de diversão maligno e silencioso. Será que seu peso somado ao da cômoda seria suficiente?

A cômoda chacoalhou de novo, quase o jogando no chão. Ele agarrou as bordas e se segurou; nunca tinha montado num touro, real ou mecânico, mas achava que a sensação devia ser parecida. Sua cabeça pendia de um lado para o outro, e ele acabaria machucando o pescoço se Ralpho não parasse.

Mas Ralpho de fato parou.

Os ruídos sob o alçapão se afastaram da portinhola, indo em direção à parede. Bob relaxou em cima da cômoda.

Será que *agora* tinha acabado?

Conferiu o relógio. Eram 5h56 Quatro minutos. Só mais quatro minutinhos. Ficou prestando atenção nos sons de baques e de algo se arrastando sob o chalé.

A família inteira ainda roncava, mas Wanda se ajeitou na cama. As crianças poderiam acordar a qualquer instante, e Bob não queria deixar a cômoda jogada no meio do chalé. Depois de mais alguns segundos, Bob se convenceu de que Ralpho não estava mais embaixo do chalé, então puxou logo o móvel de volta ao lugar. Em seguida, tentou dobrar a manta todo desajeitado e a depositou no canto da bicama.

Bob pensou de novo nas patas sangrentas de Ralpho. Será que tinha manchado o chão do chalé? Como a raquete de tênis e a caixa de pesca?

Decidiu que não queria conferir. Em vez disso, foi correndo até o frigobar e pegou algumas folhas de papel-toalha que Wanda deixara ali. Às pressas, limpou a raquete e a caixa de pesca; depois foi esfregar todas as janelas, além do chão embaixo de cada uma delas.

Enfim, morrendo de vontade de ir para a cama, Bob só aguardou. Seus instintos lhe diziam para continuar alerta.

Mas por quê?

O chalé estava em segurança. Ralpho se afastava.

De repente, houve um imenso estrondo nos fundos da construção.

Nos fundos? O que Ralpho estava fazendo ali?

Não havia nada nos fundos.

Não, calma... A janela do mezanino! Era como se o estômago e o coração de Bob tivessem trocado de lugar. Ele havia se esquecido da janelinha do mezanino!

Com a lanterna presa entre os dentes, Bob subiu a escada que levava ao andar suspenso o mais rápido que conseguiu, mesmo que cada passo o deixasse ainda mais aterrorizado. Não queria subir. Se Ralpho estivesse lá em cima, achava que não seria capaz de lidar com o coelho.

Mas precisava. Afinal, os meninos estavam no mezanino.

Quando Bob alcançou o topo da escada, ele hesitou. Depois respirou fundo, trêmulo. Usou a lanterninha para iluminar a janela na parede oposta, analisando o espaço.

A luz revelou a parte de cima do torso de Ralpho *já entrando pela janela*.

Bob soltou um grito abafado. Por sorte, o choque fez o som morrer em sua garganta, e os garotos continuaram roncando.

Por um instante ficou paralisado ao encarar Ralpho. Aquela situação era tão absurda que sua mente parecia ter se desligado. Tudo o que conseguia fazer era olhar.

Mas precisava se mexer. Precisava manter Ralpho longe da família.

Então, por que estava ali só olhando?

E de repente… Ralpho parou de se içar pela janela. Fitou Bob, e nenhum dos dois soltou nem um pio sequer.

Bob estremeceu, agarrando a escada do mezanino com tanta força que as mãos começaram a latejar.

Do lado de fora, o dia nascia. A luz iluminava a cabeça laranja de Ralpho por trás, fazendo-o parecer, por um instante, algum tipo de supernova monstruosa. Bob estava colado à escada. Tudo que conseguia ouvir era a própria respiração ofegante.

Ralpho começou a se retirar pela abertura.

Saiu por completo do chalé. Sua cabeça voltou ao nível da janela.

Depois… silêncio.

Silêncio absoluto.

Bob fechou os olhos e apoiou a testa no primeiro degrau.

— Papai?

De repente, o chalé foi tomado por uma luz branca e intensa. A intrusão luminosa em sua consciência foi tão invasiva que Bob piscou várias vezes, tentando entender onde estava. Parecia ter sido teletransportado para outro mundo.

Semicerrou os olhos. Reconheceu o rosto alarmado do filho, todo amassado de sono.

— O que aconteceu? — perguntou Aaron.

Estava bem embaixo do cordãozinho que ligava a lâmpada do mezanino, já acesa.

Tudo voltou a se encaixar na realidade: a visita do coelho, Ralpho, a determinação ensandecida de Bob para deter a ameaça à sua família.

— Que horas são? — perguntou ele.

— Oi?

— Que horas são?

Aaron pegou o celular na mesinha de cabeceira. Sem sinal, ali os aparelhos só funcionavam como relógio.

— Seis da manhã — respondeu Aaron.

Os olhos de Bob se encheram de lágrimas.

— Pai? — perguntou o garoto de novo. — O que aconteceu?

Bob ignorou o filho. Tyler começava a se sentar na cama, esfregando os olhos.

— Acoida, mamãe! — exigiu a vozinha aguda de Cindy no andar de baixo.

— Pai, por que você tá aí na escada? — questionou Tyler, e jogou as cobertas de lado para se acomodar na beirada da cama.

Bob não sabia se ainda era capaz de se mexer. Parecia que todos os músculos haviam abandonado seu corpo — mas não podia ficar parado ali. Não tinha forças.

Será que era melhor subir ou descer? O mezanino estava mais perto, então Bob galgou os degraus que restavam. Sem responder à pergunta de Tyler, porque ainda não sabia o que dizer, largou o corpo ao lado do garoto e gesticulou para que Aaron se juntasse a eles. Encarando o pai como se ele fosse um bicho de sete cabeças, Aaron se aproximou devagar da cama de Tyler. Bob deu um tapinha no espaço ao seu lado; o menino franziu a testa, mas se sentou.

Os irmãos trocaram olhares. Depois Bob enlaçou o pescoço dos filhos e os puxou para perto, dando-lhes um abraço longo e apertado. Queria dizer algo, mas estava emocionado demais para falar. Tudo o que queria era ficar ali abraçado com seus meninos, seus meninos preciosos, por quanto tempo fosse…

— Pai? Assim a gente vai morrer sufocado — avisou Tyler.

Bob os soltou, mas não os deixou se afastar. Pigarreou para recuperar a voz.

— Amo vocês, carinhas — disse ele. — Demais.

Então olhou para cada um deles.

Ambos estavam com o rosto todo amassado de tanto dormir, com bafo e os olhos cheios de remelas. Bob não estava nem aí. Aqueles eram seus filhos. Perfeitos.

— Vocês sabem o quanto amo vocês, né? — perguntou a eles.

Os irmãos se entreolharam de novo.

— Sim… — falou Aaron.

— Aham — concordou Tyler.

— A gente também te ama, pai — completou Aaron.

Houve um clique no térreo do chalé, e mais luz preencheu o ambiente diminuto. Wanda tinha acordado.

— Bob, o que você está fazendo aí em cima?

A voz rouca da esposa parecia deliciosamente normal.

—Venham, meninos — chamou Bob.

As crianças não se moveram quando o pai se levantou, mas ele sorriu antes de começar a descer.

Que manhã maravilhosa! Como era ótimo estar vivo!

Na base da escada, Bob se virou para a cama de casal e pegou a filha no colo.

— Cindyzinha, minha abelhinha! — exclamou, antes de zumbir na orelhinha dela.

De imediato, a menina começou a rir histericamente. Depois esticou os braços ao lado do corpo e pediu:

— Quero voar, papai, quero voar!

Feliz, Bob a ergueu e começou a correr pelo cômodo enquanto gritava:

— Zum, zum, lá vai a abelhinha. Zum, zum, beber de uma florzinha.

— Zum, zum! Lá vai abeinha! — repetiu Cindy, depois soltou um gritinho agudo de alegria.

— Bob? — chamou Wanda.

Estava parada ao lado da cama com seu pijama de seda amarelo, as mãos apoiadas no quadril.

— O que foi? — perguntou ele.

— Estou sentindo que tem alguma coisa errada.

— Por quê?

— Não faço ideia. — Wanda negou com a cabeça, franzindo o cenho. — Deve ter sido um pesadelo.

Cindy deu outro gritinho. Wanda olhou para a filha... e para Bob. Ficou de queixo caído e arregalou os olhos.

A luz intensa no chalé destacava as madeixas mais ruivas do cabelo da esposa. Bob não se lembrava de já tê-la visto *tão linda* quanto naquele momento. Voou com sua abelhinha até a esposa, e abraçou ambas com força.

— Eu amo vocês, amo, amo, amo vocês — declarou enquanto Cindy repetia "zum, zum".

— O que está acontecendo? — quis saber Wanda.

Bob não respondeu. Só abraçou as duas ainda mais forte.

— Abeinha esmagada — falou Cindy. — Ai.

O pai a soltou. Olhou para os lindos rostos da esposa e da filha, corados e sorridentes. O sorriso de Wanda parecia incerto, misturado ao que parecia ser confusão. Ainda assim, ela sorria.

— Papai, xixi — avisou Cindy.

Ele a pousou no chão, e Wanda a puxou pela mão até o banheiro.

Assim que as duas entraram lá, Bob olhou ao redor, conferindo se tinha conseguido limpar todo o sangue. Parecia que sim.

E o que tinha feito com os papéis-toalha usados?

Tateou os bolsos e os sentiu ali, mas não os puxou para fora porque Aaron e Tyler estavam descendo pela escada. Afastando Ralpho de seus pensamentos, Bob abraçou os meninos de novo. Eles toleraram o aperto por alguns segundos, até Tyler anunciar:

— Estou com fome.

A porta do banheiro abriu. Cindy esticou os bracinhos para o lado e começou a zumbir de novo. Bob estendeu a mão e puxou Wanda para perto.

— É um dia lindo, estamos todos juntos e temos um monte de coisas para fazer — anunciou, girando a esposa numa dança pelo chalé.

Ela riu.

— Quem é você, e o que fez com o meu marido?

Depois desistiu, permitindo que ele a rodopiasse sem parar.

• • •

A família seguiu para tomar o café da manhã no chalé principal. Cindy disparou, e Bob apertou com mais força a mão de Wanda.

O sol já galgava o brilhante céu azul. As moitas reluziam um verde-vivo sob a luz da manhã, parecendo se estender para tocar o céu como se celebrassem um novo dia. Os chapins brincavam entre a vegetação. Seu canto se mesclava aos piados dos azulões-mexicanos que Bob vislumbrava saltitando pelos galhos mais altos. Um pica-pau se juntou à sinfonia de uma árvore fora de vista. Num galho mais baixo e próximo à trilha, um esquilinho guinchava, a cauda arrepiada. A sensação de Bob era de que tudo ao redor parecia ter saído direto de um desenho animado. Estava tudo colorido demais, alegre demais... bem, cartunesco demais. Depois do que havia acontecido na noite anterior, ele não se surpreenderia se as famílias ao redor começassem a cantar de repente.

O Acampamento Etenia estava a pleno vapor naquela manhã, e os hóspedes seguiam na direção do chalé principal para tomar café. Crianças corriam e brincavam de um lado para o outro. Aaron e Tyler dispararam adiante para se juntar aos novos amigos numa brincadeira que envolvia uma baita gritaria. Naquela manhã, a bagunça não incomodava Bob. Ele ainda apreciava seu mais profundo alívio.

— Pelo jeito, você decidiu que o lugar não é tão ruim assim, certo? — perguntou Wanda.

Bob sorriu.

— Tem lugar pior.

*Muito pior*, pensou Bob quinze minutos depois, sentado à mesa com a família, devorando a maior e mais deliciosa pilha de panquecas que já tinha visto na vida.

— Uau, o que vocês colocam nisso aqui? — perguntou a uma funcionária do acampamento que se aproximou para reabastecer sua xícara de café.

A mulher grisalha e alegre se inclinou adiante, sussurrando:

— O segredo é a canela e o extrato de baunilha, mas não conta para ninguém que eu te falei.

E, com um sorriso, seguiu seu caminho.

A refeição estava sendo servida no refeitório principal — que, assim como a recepção, tinha um teto de madeira inclinado e paredes feitas de troncos. Bob gostou do ambiente, cheio de dezenas de mesas redondas para que as famílias pudessem comer sozinhas em vez de serem forçadas a se juntar às demais em longas mesas comunitárias. A única mesa retangular ficava na parte da frente e parecia reservada aos funcionários do acampamento.

Bob abocanhou mais uma garfada e observou os filhos comendo. Aaron e Tyler se empanturravam de panqueca, como se fossem mortos de fome. Cindy estava toda fofinha com o rosto sujo de panqueca e xarope de bordo.

Ao redor deles, dezenas de conversas preenchiam o salão com um burburinho animado que se misturava ao tilintar dos talheres nos pratos. O ambiente estava tomado pelo cheiro adocicado de xarope e manteiga.

— Com licença! Com licença! — O ruído alto de uma colher se chocando com uma taça de vidro fez a barulheira no salão se dissipar. — Um segundinho da atenção de vocês, pessoal!

A família de Bob, assim como a maioria dos hóspedes, olhou na direção da mesa dos funcionários. No centro, um homem alto, barbudo e bronzeado acenava.

— Aqui!

Bob o reconheceu da mesa de piquenique na noite anterior, junto à fogueira.

As conversas cessaram. Depois de mais alguns farfalhares e murmúrios, o silêncio recaiu sobre o cômodo.

— Lembram de mim de ontem à noite? Meu nome é Evan, sou o dono do Acampamento Etenia e seu anfitrião. Espero que todos tenham tido uma ótima primeira noite.

Apesar da tensão que o invadiu, Bob manteve o sorriso no rosto. Quase todas as outras pessoas assentiram, animadas.

— Ótimo, ótimo — continuou Evan. — Tenho alguns avisos.

Bob se preparou para ignorar a ladainha. Sabia que Wanda lhe repassaria qualquer informação relevante.

— Preciso falar sobre a visita do coelho — prosseguiu Evan.

Todas as células do corpo de Bob se empertigaram em alerta. Voltou a focar no sujeito, que dizia:

— Peço perdão a todo mundo que se inscreveu na atividade.

*Deviam mesmo pedir perdão*, pensou Bob.

— Mas as visitas do coelho não aconteceram esta madrugada porque o monitor responsável acabou perdendo a hora — acrescentou Evan. — Por isso, Ralpho não conseguiu fazer a ronda hoje.

Bob encarou Evan.

— As panquecas estão uma delícia mesmo — comentou Wanda. — Não estão, Bob?

# EM CARNE
# E OSSO

— **Você é tão sortudo...** Seu trabalho é só ficar aí sentado jogando videogame o dia inteiro.

Se Matt recebesse um dólar toda vez que alguém lhe dissesse isso, poderia realmente passar o dia inteiro sentado jogando videogame em vez de ir ao escritório para trabalhar nos projetos.

Desenvolver jogos era mais difícil do que as pessoas imaginavam. Era um trabalho incrível — aquele com que Matt sempre sonhava quando criança e fingia estar doente para faltar à aula e ficar em casa criando joguinhos simples no computador da família. Mas havia uma enorme diferença entre trabalhar com jogos e simplesmente jogar. Muitas partes do projeto eram empolgantes: o primeiro lampejo de inspiração quando uma ideia lhe ocorria, a sensação de triunfo ao ver seus planos dando certo. Mas, entre a inspiração inicial e a sensação de dever cumprido, havia inúmeros momentos em que só queria arrancar os cabelos e socar a parede, tamanha era a raiva e a frustração. Bastava um único errinho no código para destrambelhar um jogo inteiro, e rever tudo até encontrar o problema era um processo incrivelmente tedioso. Fãs de videogame geralmente achavam que tinham habilidades suficientes para desenvolver jogos além de consumi-los, mas a afirmação era tão verdadeira quanto dizer que saber ler um bom livro era igual a saber escrever um.

Nos últimos tempos, Matt comia, dormia e respirava trabalho. Havia recebido a missão de criar e refinar a inteligência artificial de *A vingança de Springtrap*, um jogo de realidade virtual de última geração que seria o próximo lançamento da franquia *Five Nights at Freddy's*. Era o jogo mais importante de sua carreira, e Matt sabia que seria um tremendo sucesso — e como não, considerando a empolgante combinação de realidade virtual e os conhecidos personagens de *Five Nights at Freddy's* que os jogadores já amavam temer? Os primeiros bugs do jogo já tinham sido resolvidos, então Matt se preparava para fazer o que os leigos presumiam ser a única parte do seu trabalho: jogar para testar o projeto.

Matt prendeu os óculos de realidade virtual na cabeça e garantiu que o apetrecho estivesse bem ajustado. Estava pronto para mergulhar no jogo.

*Havia uma parede de cada lado de Matt. Elas formavam um corredor escuro, a entrada do labirinto. Daquele ponto, ele só conseguia enxergar o caminho que se estendia à frente; ainda não havia entradas à esquerda ou à direita no seu campo de visão. Quando estava prestes a avançar, viu sua criação e seu oponente — um grande coelho verde — surgir no fim da passagem antes de virar à esquerda.*

*Ser um coelhinho não significava que era fofo. Desde sempre, Matt achava humanos fantasiados de coelho uma coisa meio assustadora — como dava para ver em uma foto antiga que a mãe havia tirado quando ele tinha três anos, esperneando e berrando no colo de um Coelhinho da Páscoa de shopping com sorriso inexpressivo. Springtrap, o coelho do jogo, era ainda mais assustador do que o Coelhinho da Páscoa de shopping com a cara artificial. A fantasia era tão esfarrapada que deixava à mostra parte do esqueleto mecânico sob o tecido, e uma das orelhas havia sido bem desgastada. Seus olhos pareciam orbes malignos que brilhavam em verde quando ele avistava uma presa, e o sorriso era amplo e medonho. Era definitivamente algo digno de pesadelos — que, por sua vez, era o que Matt havia planejado.*

*Ele tinha um orgulho particular da sua criação. Queria tornar Springtrap um personagem horrendo marcante, que visitaria o pesadelo das pessoas por gerações. De Drácula a Hannibal Lecter, havia certa imortalidade em criações verdadeiramente assustadoras, e de algu-*

*ma forma isso também respingava em quem idealizava o personagem. Matt pesquisara exaustivamente durante o desenvolvimento do coelho assassino. Chegou a assistir a dezenas de filmes clássicos de terror, estudando a personalidade dos assassinos a sangue-frio que os estrelavam. Leu uma porção de livros e artigos sobre assassinos em série, sobre como seu apetite por violência só podia ser saciado por certo tempo... até que precisassem escolher a próxima vítima.*

*Quanto mais Matt assistia e lia, mais compreendia. Para os matadores que viviam na imaginação das pessoas, assassinato era uma fonte de prazer, uma forma de autoexpressão — como pintar para artistas ou tocar instrumentos para músicos. Matt queria que Springtrap demonstrasse aquele tipo de prazer, de autorrealização com o ato de matar.*

*Queria criar um personagem que cortaria jugulares com a mesma empolgação com que criancinhas abriam presentes de aniversário.*

*Matt não era um assassino, claro. Se fosse, não precisaria de tanta pesquisa. Mas sabia o que era sentir raiva — sentir-se tão injustiçado, tão explorado, que queimava por dentro com o desejo de destruir, quebrar, dar uma lição inesquecível em quem o havia machucado. Durante o processo de desenvolvimento do jogo, Springtrap se tornou algo em que Matt podia despejar todos aqueles sentimentos, um repositório para seus ímpetos mais destrutivos. Springtrap era o rebento da raiva de Matt.*

*O objetivo inicial do jogo parecia simples: encontrar a saída do labirinto antes que Springtrap o matasse. Mas achar as passagens certas era absurdamente difícil, mais ainda por conta da perspectiva em primeira pessoa que a realidade virtual exigia. O coelhão era ao mesmo tempo ágil e furtivo, capaz de aparecer do nada e matar o jogador antes mesmo que ele percebesse.*

*Matt foi até o final do primeiro corredor e decidiu virar à direita, a direção oposta que vira o coelho tomar. Chegou, como já sabia que aconteceria, a um cômodo quadrado com quatro portas fechadas. Três delas desembocavam em novas passagens do labirinto. Uma levava a Springtrap — morte na certa. O jogo era programado de forma que Matt, assim como qualquer outra pessoa jogando, não tivesse ideia de qual das portas escondia Springtrap. Qual delas deveria escolher?*

*Depois de uma rodada rápida de uni-duni-tê, Matt selecionou a passagem bem à sua frente. Caminhou até lá, virou a maçaneta e empurrou. A trilha sonora se elevou num berro ensurdecedor e o coelho deu o bote, com o braço estendido, golpeando com uma imensa faca brilhante. A realidade virtual fazia o ataque de Springtrap parecer tão real que chegava a ser perturbador. A faca foi brandida a uma distância perigosamente pequena dos seus olhos; quando Springtrap ergueu de novo a arma e golpeou para baixo, Matt não conseguiu reprimir a sensação de que doeria de verdade. Depois a perspectiva mudou para terceira pessoa, de forma que ele pudesse ver o cadáver de seu avatar esparramado de bruços no chão. Springtrap demonstrava o prazer deturpado que Matt planejara, e sorria, exultante. Ajoelhou-se ao lado do avatar e usou a faca para cortar a orelha fora. Ergueu o pedaço sangrento, um troféu para celebrar seu feito. As palavras* GAME OVER *surgiram na tela.*

*Matt ficou furioso por ter escolhido a porta errada, furioso com o coelho por estar sentindo um prazer tão óbvio com sua derrota. Nem chegou a remover os óculos para fazer uma pausa, apenas recomeçou o jogo e seguiu pelo corredor até alcançar o cômodo com quatro portas outra vez. Sentiu lá no fundo que a porta à esquerda era a correta.*

*Chegou mais perto da passagem, levou a mão à maçaneta e abriu.*

*Springtrap saltou na direção dele com a mandíbula escancarada. De novo, o berro da trilha sonora irrompeu no ambiente, seguido por um som horripilante das presas se chocando no ar. Matt se encolheu porque sentiu, de verdade, que Springtrap tinha chegado muito perto de abocanhar seu rosto. Mais uma vez, o avatar de Matt ficou esparramado de cara no chão (ou o que ainda restava dela, enfim), no meio de uma poça de sangue. Springtrap sorria com a vitória, os dentes manchados de vermelho. Devagar, ele lambeu o sangue dos lábios. As palavras* GAME OVER *ocuparam a tela de novo.*

Matt soltou um palavrão, arrancou os óculos e os jogou na mesa. Provavelmente deveria tomar mais cuidado com o equipamento caro, mas nem se importou. Por que não parava de perder para Springtrap? Por que não conseguia vencer um jogo cuja maior parte tinha sido projetada por ele mesmo? Andou de um lado para o outro, xingando, depois pegou uma xícara de café e a atirou longe. A cerâmica se espatifou em mil pedacinhos, deixando um respingo marrom na parede antes branca e limpa.

*Ótimo*, pensou Matt. Só tinha pensamentos destrutivos.

Alguém bateu de levinho na porta, falando "Toc, toc!". Por que as pessoas faziam aquilo? Bater já não era suficiente?

— Pois não? — disparou Matt, sem querer ser incomodado.

A porta se abriu um pouquinho, e Jamie, da baia ao lado, enfiou a cabeça. Era uma daquelas mulheres que pareciam não ter alterado o cabelo ou o jeito de se vestir desde o ensino fundamental. Tinha uma franjinha curta, e parecia estar usando macacão.

— Ouvi uns barulhos e achei melhor ver se você estava bem.

— Estou, sim. Estava até você me interromper, pelo menos — retrucou Matt.

Todo mundo no escritório parecia amar Jamie. Adoravam o bolo de banana caseiro que ela deixava na salinha do café e viviam elogiando sua disposição para ajudar os outros, fosse em questões profissionais ou pessoais. Mas a garota não enganava Matt. Ele sabia que Jamie não passava de uma fofoqueira. Era como uma vampira que se alimentava dos dramas do escritório.

— Foi mal. Acho que o que ouvi foram só os sons do processo criativo, certo? — brincou Jamie, franzido o nariz ao sorrir.

Era um sorriso acuado e servil, como o abanar de rabo de um cachorrinho pego no flagra ao fazer xixi no tapete.

— Isso aí — respondeu Matt, sem retribuir o sorriso.

O que deveria dizer? Que tinha ficado furioso depois de ser morto duas vezes seguidas por um coelhão? Que havia espatifado uma xícara na parede com a frustração de perder para a própria criação? Matt estava começando a se sentir como o dr. Frankenstein, mas na versão desenvolvedor de jogos.

— Bom, boa sorte. Até mais tarde — despediu-se Jamie com um aceno. — Quer que eu feche a porta?

— Você nem devia ter aberto, na verdade.

Ele jogaria outra vez. Mas faria escolhas melhores. Passaria pelo coelho assassino. Superaria a sensação crescente de que era incapaz de vencer aquele jogo.

Às vezes, Matt sentia que *a vida* era um jogo que ele era incapaz de vencer. Tudo bem, tinha todos os requisitos para uma existência feliz: havia se formado numa boa universidade e se casado com Hannah, sua namorada da faculdade. Conseguira o emprego dos sonhos, e ele e a esposa tinham comprado uma casa bonita de quatro quartos com um espaço amplo para servir de escritório, abrigar sua imensa coleção de videogames e, Hannah esperava, ter uma família.

Na época da faculdade, Matt adorava a empolgação de se envolver com Hannah até conquistar sua atenção. Os dois tinham se conhecido numa aula tensa de química no primeiro ano — ela só tirava nota máxima, enquanto ele penava para passar na média. Matt lhe pedira ajuda, e os dois começaram a se encontrar duas vezes por semana. Estudavam química, mas também conversavam e riam bastante. Por fim, ele perguntara: "Tem interesse em sair com um cara que é muito pior em química do que você?"

Hannah tinha topado, e logo os dois se tornaram inseparáveis. Depois do começo do namoro, ela passara até a deixar que Matt copiasse as respostas dos exercícios. Aquilo lhes permitia ficar um tempo juntos fazendo outras coisas bem mais divertidas. A "história fofinha" de como tinham se conhecido sempre fazia sucesso. "A gente tinha química", respondiam sempre que alguém perguntava.

Depois de se formar, Matt tinha se divertido com o processo de procurar e conseguir o emprego dos sonhos, e em seguida com o de pesquisar e comprar a casa certa. Mas, após alcançar certo objetivo, não restava nada além de manter tudo em ordem — e manter tudo em ordem não era nada interessante. A casa dos sonhos tinha problemas horríveis de encanamento, tantos que às vezes parecia melhor simplesmente convidar um encanador para se mudar para um dos quartos extras. O trabalho era legal às vezes, mas também havia inúmeras reuniões chatas nas quais pessoas muito menos versadas do que ele falavam por horas sobre detalhes insignificantes, e Matt precisava passar aquele tempo todo ouvindo tudo calado e de forma respeitosa — o que nem sempre era possível. Como poderia ser já que, de todos ali, claramente era ele quem tinha as melhores ideias?

E havia também o problema de fazer o casamento funcionar. Durante o namoro, Matt se preocupara tanto em conquistar o amor de Hannah que nunca tinha pensado no custo de conseguir tal objetivo — o fato de que estava se comprometendo a passar o resto da vida com aquela pessoa, e mais ninguém. Tudo perdeu a graça muito rápido. As noites iguais, as mesmas conversas sobre os pormenores do dia, as mesmas saladas com filé de frango para o jantar seguidas dos mesmos programas de televisão. Hannah ainda era bonita, inteligente e gentil, mas a sensação de novidade havia desaparecido, como o entusiasmo inicial de se comprar um carro novo antes que se transforme apenas num veículo confiável e útil, sem um pingo de empolgação.

Havia outros problemas também. Hannah queria ter filhos o quanto antes, ao contrário de Matt. Na verdade, quanto mais tedioso o dia a dia do casamento se tornava, menos ele queria adicionar crianças à equação. A mera perspectiva de ser pai trazia à tona uma série de responsabilidades desagradáveis que se estenderiam por décadas: o ato de alimentar uma criança, trocar fraldas e passar noites sem dormir nos primeiros anos, depois o processo infinito de levar criancinhas para a escola, atividades e cursos, e o drama e a rebeldia da adolescência. Sem falar no estresse de juntar dinheiro para a faculdade. Quem precisava passar por isso?

Hannah, ao que parecia. Ou ao menos achava que precisava. Toda sexta à noite, quando iam ao Novopolitano, restaurante italiano favorito do casal, ela esperava Matt estar mais relaxado depois de algumas taças de vinho e dizia:

— Acho que chegou a hora.

Ao que ele sempre respondia:

— Hora da sobremesa? — Mesmo sabendo muito bem que a esposa não estava se referindo a um tiramisù.

— Hora de começar uma família — explicava ela, como sempre.

Matt tentara dissuadi-la de várias formas. Falava que precisavam de mais alguns anos focados na carreira, mas Hannah rebatia que, por trabalhar como designer gráfica de casa, era capaz de equilibrar a vida profissional com a rotina de mãe.

Certa vez, Matt sugerira que, já que ela queria cuidar de algo, podiam adotar um cachorro em vez de ter um bebê. A tática não tinha dado muito certo.

A pior parte, porém, foi quando ele tentara argumentar que a gravidez e a maternidade arruinariam a silhueta enxuta e atraente de Hannah. Depois de acusá-lo de ser superficial, ela tinha jogado um copo de água na cara dele e saído furiosa do restaurante.

A insistência de Hannah em ignorar a voz da razão quanto a essa história de ter filhos definitivamente tinha afetado o casamento deles. Isso sem contar a amizade inofensiva de Matt com Brianna, garçonete do restaurante onde ele almoçava com frequência. Não era nada sério, e com certeza não era da conta de Hannah, mas ela havia ficado toda chateada ao ver, no computador que Matt esquecera aberto, que Brianna lhe enviara uma foto de biquíni. Matt não entendia por que Hannah tinha sido tão irracional. Amigos trocavam aquele tipo de foto o tempo todo.

Ela havia sugerido que os dois fizessem terapia de casal, mas Matt recusara, e o casamento chegou ao fim pouco depois das bodas de um ano. Desde então, Matt tivera várias namoradas, começando com Brianna, a tal garçonete. Nenhum dos relacionamentos durou mais do que três meses, e era sempre Matt quem acabava levando um pé na bunda. A série de términos era a maior das motivações da raiva que ele conseguiu invocar durante a criação de Springtrap.

Mulheres eram loucas, decidira Matt, e não valiam o esforço.

Para combater a solidão e a frustração, ele havia mergulhado de cabeça no desenvolvimento do jogo de realidade virtual, com uma obsessão ainda maior do que o normal. A ironia mais cruel era o fato de que o jogo — assim como os próprios relacionamentos de Matt — parecia ter se voltado contra ele.

Dessa vez, porém, ele derrotaria o coelho e sairia vivo daquele labirinto.

*Matt disparou pelo corredor escuro e virou à direita na sala com as portas. Olhou ao redor e escolheu a que estava logo atrás. Quando girou a maçaneta e abriu, não havia ninguém do outro lado.*

*Em seguida, avançou por outra passagem escura. Não havia sinal de Springtrap. Virou à esquerda, desembocando num corredor cheio de espelhos. Sabia como passar por ali, claro. O truque era garantir que não estava sendo seguido. Avançou ao longo dos painéis de vidro, todos idênticos. Estava a uns dez passos da saída quando sentiu a presença de algo às suas costas. Num dos espelhos, viu o reflexo de um imenso coelho verde, bem atrás dele. A criatura agarrou Matt pelo cabelo e levou uma faca brilhante ao seu pescoço.*

*Quase deu para sentir o corte rápido e certeiro.*

*Mais uma vez, ele viu o avatar esparramado de bruços, agora sobre uma poça cada vez maior do próprio sangue. O coelho lambeu o fluido da lâmina e gargalhou, os ombros chacoalhando.*

*Mas a impressão era de que não ria apenas do avatar mortalmente ferido.*

*Parecia rir do próprio Matt.*

Ah, então o coelho queria jogar sujo, era isso? Matt arrancou os óculos de realidade virtual. Estendeu os braços e os varreu pela mesa, jogando todo o conteúdo do tampo no chão. Mostraria para o coelho quem mandava ali; só precisava de uma oportunidade. Estava no controle do jogo, então estava no controle do coelho. Era Matt quem dizia o que Springtrap podia ou não fazer, aonde podia ou não ir. Aquele coelho iria descobrir quem mandava ali. Quando chegasse em casa mais tarde, Matt não teria aquele tanto de controle sobre a própria vida — mas ali, dentro do jogo, era o governante absoluto, e todas as decisões cabiam a ele.

Assim, programou o jogo de modo que Springtrap estivesse fadado a passar a noite vagando sozinho pelo labirinto, sem vítimas para perseguir ou formas de escapar. Também aumentou em mil a razão entre o tempo do jogo e o tempo real: para cada minuto do mundo de verdade, mil minutos passariam para o coelho. Matt se pegou gargalhando com mais vontade e intensidade do que havia rido em muito tempo. Springtrap podia matar o avatar dele, verdade, mas aquilo não se comparava ao que Matt podia fazer com a realidade da criatura, controlando tempo e espaço e a submetendo a uma punição cósmica como se fosse algum tipo de deus ancestral vingativo.

Depois de sair do escritório, Matt riu mais um pouco enquanto dirigia para casa.

Hannah tinha ficado com o imóvel deles depois do divórcio, então ele se mudara para um daqueles condomínios de prédios com piscina e quadra de tênis que eram anunciados como "uma forma econômica de ter uma vida luxuosa". Tinha mobiliado o apartamento com itens simples e funcionais, além de muitas prateleiras para a coleção de jogos de videogame. Quando Jason, seu amigo da faculdade, levara um pé na bunda mais ou menos na mesma época em que um dos relacionamentos de três meses de Matt chegava ao fim, ele havia convidado o rapaz para se mudar para o quarto extra e dividir o valor do aluguel.

Matt entrou no apartamento e viu Jason esparramado no sofá, diante da grande televisão de tela plana, com um controle de videogame na mão. Não eram nem seis da tarde e ele já estava de pijama. Uma garrafa de dois litros de refrigerante e uma embalagem aberta de salgadinho de queijo decoravam a mesinha de centro.

— Opa — disse Jason, sem tirar os olhos dos zumbis que explodiam na tela.

— Opa — respondeu Matt.

— E o Springtrap, como anda? — quis saber o colega, no tom que alguém usaria para perguntar sobre a tia doente de alguém.

Matt sorriu.

— Digamos que ele vai ter uma noite interessante.

— Peraí, como assim? — perguntou Jason.

— Nada, não. — Matt jogou a mochila no sofá. — O jogo está indo muito bem, a criançada vai amar.

— A criançada grande também — afirmou Jason. — Não vejo a hora de jogar. Mas me fala, quer jantar o que hoje? Pizza? Japa? Comida chinesa? Ele apontou para a pilha de cardápios de restaurantes disponíveis na mesinha.

Matt deu de ombros.

— Sei lá, pode escolher. Vou tomar uma chuveirada rápida.

Estava todo suado e agitado por conta da batalha com o coelho — mas agora poderia relaxar e se vingar ao mesmo tempo, sabendo que a criatura desamparada estava fadada a vagar sem destino pelo labirinto a noite toda.

Matt e Jason devoraram a comida tailandesa direto das bandejinhas, sentados no sofá enquanto assistiam a um episódio de *Terra dos Donos* que Jason tinha gravado em DVD. Morar com o amigo era como estar na faculdade de novo. No início tinha sido divertido — nada de emoções femininas complicadas, nada de consertos na casa, nada de gramado para aparar. Depois do trabalho, era pedir comida e ver televisão ou jogar videogame, a menos que um deles tivesse um encontro.

Passado um tempo, porém, o clima descontraído de colegas de faculdade tinha começado a se dissipar. Matt começara a sentir que estava regredindo, perdendo em um momento da vida em que devia estar acumulando conquistas. Além disso, Jason tinha começado a lhe dar no saco. O cara não tinha um pingo de ambição: trabalhava numa central de atendimento sem plano de carreira e nunca procurava outros cargos mais lucrativos ou desafiadores. Como alguém podia ser *tão* despreocupado o tempo todo? Muito em breve, Matt precisaria tomar algumas decisões para ver se tocava a vida.

Conforme o episódio de *Terra dos Donos* ficava mais violento, os pensamentos de Matt se voltaram para Springtrap no jogo de realidade virtual, vagando exaustivamente e sem destino, sem ter para onde ir ou vítimas para matar. Matt sorriu. O coelho psicótico estava pagando o preço por ter matado tantas vezes o avatar de seu criador.

Era estranho como pensar em Springtrap desamparado o fazia se sentir um pouco melhor. Talvez fosse porque ele não tinha controle sobre as pessoas ao seu redor, mas era o todo-poderoso no que dizia respeito ao jogo. Se não gostasse do desenrolar das coisas, era só mexer um pouquinho no código para mudar o resultado.

Depois de uma noite quase em claro, foi bom voltar ao trabalho, onde ao menos as coisas poderiam ser interessantes. Na copa, Matt se serviu de uma xícara de café que sabia que seria ruim, depois foi até o escritório para ver como tinha sido a noite de Springtrap. Ao menos sabia que alguém tivera uma noite pior do que a dele.

Colocando os óculos de realidade virtual, Matt entrou no jogo. Caminhou pelo corredor escuro e virou à direita para chegar à sala com as portas. Escolheu a da direita. Felizmente, Springtrap não estava lá, então conseguiu acessar o restante do labirinto. Caminhou pelos corredores por um bom tempo, mas nada do coelhão aparecer. Nada de sustos, nada de Springtrap se esgueirando atrás dele, nada de vislumbres da criatura no fim do corredor.

Era estranho… O jogo era programado de forma que, àquela altura, o antagonista já deveria ter dado as caras.

Matt tirou os óculos e abriu os registros de dados. Por vários dias no tempo interno do jogo, Springtrap tinha vagado pelo labirinto, procurando alguém para matar. Estava dentro do que Matt esperava.

O que ele não esperava, porém, era o que viu a seguir: depois de tanto tempo sem vítimas, sendo que o único objetivo do coelho era matar, Springtrap parecia ter gerado outra versão de si mesmo. Num instante, a nova versão tinha abatido a antiga; depois disso, o Springtrap mais recente dera um jeito de produzir outra versão mais nova, que então o matara também.

O ciclo se repetiu várias vezes: uma nova inteligência era criada e destruía a anterior. Os abates ficaram cada vez mais rápidos, um após o outro, e pareciam acontecer assim que o Springtrap novo conseguia gerar um modelo ainda mais recente. Os assassinatos ficavam mais violentos na mesma medida em que o ritmo acelerava. Punhaladas, cortes, decapitações. Quando Matt viu a palavra *estripação* nos registros, sentiu o café revirar no estômago.

Aquilo era bizarro, mas os dados ao menos mostravam como Springtrap havia passado a noite. Só não apontavam onde o coelho estava naquele momento.

A criatura fazia parte do código do jogo. Não tinha a habilidade de se matar de forma real e permanente: sempre dava origem a uma nova versão. Tinha que estar ali em algum lugar.

Matt vasculhou o ambiente de realidade virtual em busca de Springtrap. Fuçou áreas do jogo onde o personagem não deveria sequer frequentar. Depois de ter originado e matado meio milhão de versões de si mesmo ao longo da noite, o coelho parecia ter desaparecido.

O problema era que ele *não podia* desaparecer. Era impossível.

O código. A resposta tinha que estar no código.

Matt às vezes era distraído. Hannah costumava brincar sobre sua habilidade infinita de perder o celular ou as chaves do carro, mas, para tudo que envolvia programação, tinha uma memória excelente. Como resultado, foi chocante quando conferiu o código de Springtrap e percebeu que não tinha a menor semelhança com o programa que ele criara. O código estava todo bagunçado e irreconhecível. Matt não tinha escolha a não ser jogar tudo no lixo e começar do zero.

Seguiu as etapas usuais para remover um personagem, mas o programa continuou danificado.

Matt estava cansado, então pensou que talvez tivesse digitado algo errado. Repetiu o procedimento, com o mesmo resultado. Passou uma hora fazendo novas tentativas. Duas. Três horas, mas foi em vão. Não conseguia remover o trecho danificado do programa por nada.

Era como se Springtrap, num derradeiro suicídio espetacular, tivesse se desfeito em pedacinhos, que por sua vez haviam se misturado ao código do jogo como partículas de poeira, de modo que tornara impossível removê-lo.

Matt começou a suar. A internet e todas as lojas de jogos estavam repletas de propagandas do novo jogo de realidade virtual da franquia *Five Nights at Freddy's*, anunciando a data de lançamento cada vez mais próxima. E de repente o código do jogo apresentava um problema que, ao que tudo indica, não podia ser resolvido? A vingança de Matt contra Springtrap parecia ridiculamente pequena perto da vingança do coelho contra seu criador.

Se entrasse no jogo uma última vez, talvez Matt conseguisse dar um jeito de reverter os danos.

*O avatar de Matt deu a volta no perímetro do labirinto, procurando por sinais de Springtrap. Dobrou uma esquina e teve um vislumbre de algo verde logo à frente.*

*O corpo inerte de Springtrap jazia na curva. Estava esparramado de costas, com o torso aberto. Matt se ajoelhou para olhar de perto. Molas e engrenagens irrompiam do ferimento aberto. Como algo mecânico podia parecer tão morto? Era horrível encarar o olhar vazio e sem vida de Springtrap. Matt estendeu a mão e fechou as pálpebras do coelho.*

*Assim que tocou nele, sentiu uma pontada de dor combinada com um leve choque elétrico — sensação parecida com a que teve ao tatuar as letras da sua fraternidade da faculdade no tornozelo. Em seguida, puxou a mão de seu avatar para longe.*

Matt estava tão estressado com a situação esquisita do jogo que não estava nem um pouco a fim de ir a um encontro, mas Jason insistira. A garota com a qual o amigo estava saindo havia jurado que a colega com quem morava seria perfeita para Matt. Os quatro iriam jantar no Novopolitano, que no passado havia sido o restaurante italiano favorito de Hannah e Matt. Mais uma razão pela qual ele não queria ir — eram muitas memórias, tanto boas quanto ruins. O principal motivo, porém, era que a possibilidade de aquela garota ser perfeita para ele era tão improvável quanto nevar no verão.

Quando a campainha tocou, Matt abriu a porta e viu duas jovens, uma delas loira, atlética e bronzeada. Talvez a noite tomasse um rumo melhor do que ele imaginava.

— Ah, oi — disse Matt, abrindo seu sorriso mais encantador. — Que surpresa boa. O Jason costuma ser meio idiota, mas acertou em cheio quando disse que a gente ia ser perfeito um para o outro.

Ele estendeu a mão.

A moça loira não se moveu, apenas esboçou um sorriso.

— Eu sou a Meghan, estou saindo com Jason. Queria te apresentar a Eva.

Ela apontou para uma garota de cabelo castanho que Matt nem sequer tinha notado, parada atrás dela.

— Oi — disse Eva, abrindo um sorriso tímido.

Vestia uma blusa listrada de botão e calças cáqui, como se estivesse indo para o trabalho em vez de a um encontro.

— Oi — respondeu Matt, sem nem se dar ao trabalho de esconder a decepção.

Eva não era exatamente feia. No entanto, parada ao lado de Meghan, parecia um pardalzinho comparado a uma ave-do--paraíso. Matt também reparou que o sorriso da garota era todo torto. *Os pais deviam ser pobres demais para arcar com um aparelho*, imaginou. Para ele, o estado dos dentes de uma pessoa era uma indicação confiável de sua classe social, assim como os sapatos. Olhou para baixo e viu que Eva usava sapatilhas baratas.

— E aí, a gente pode entrar? — questionou Meghan.

— Claro — respondeu Matt, dando um passo para o lado. — Ei, Jason! — chamou. — As meninas chegaram.

Jason entrou todo afobado na sala, com o cabelo ainda molhado do banho. Foi até Meghan e a beijou na bochecha.

— E aí, Eva, já conheceu o Matt? — perguntou.

— Já, a gente se apresentou — respondeu a garota.

Matt não entendia por que ela não parecia mais animada: tinha sorte de ter descolado esse encontro. Alguém como ele seria muita areia para o caminhãozinho dela. Falando nisso, aliás, como um cara desleixado feito Jason tinha conseguido uma chance com uma mulher linda que nem Meghan?

— Se liguem — disse Jason. — Pensei de a gente ir em carros separados para o restaurante. Assim, se cada um quiser fazer algo diferente depois do jantar, não vai ser problema.

— Por mim tudo bem — concordou Matt.

Estar com o próprio carro também lhe permitiria ir embora mais cedo se a noite acabasse sendo tão insuportável quanto esperava.

Matt viu Jason abrir a porta do veículo para Meghan, então respirou fundo e repetiu o gesto. O carro do amigo era o mesmo que ele dirigia desde a faculdade, claro, enquanto o de Matt era um esportivo novinho. Ficou surpreso quando Eva nem elogiou seu possante.

— Então, o Jason comentou que você trabalha com desenvolvimento de jogos — disse ela, já a caminho do restaurante. — Isso é legal.

— Aham — respondeu Matt, tentando não pensar no código desaparecido que colocava em risco o maior projeto da sua vida. — É bem legal mesmo. Estou trabalhando no próximo jogo de *Five Nights at Freddy's*, o de realidade virtual. Está indo muito bem — contou, tentando convencer a si mesmo quanto à última parte.

— Meu irmão mais novo está louco para jogar assim que for lançado — comentou Eva. — Só sabe falar disso. Nem vai acreditar quando eu disser que conheço o cara que desenvolveu o jogo.

Bom, pelo menos a garota começou a demonstrar certo entusiasmo. Matt decidiu desviar o assunto para ela.

— Mas e aí, o que você faz?

Nem estava muito interessado na resposta, mas se forçou a prestar atenção.

— Trabalho no departamento de TI na mesma empresa que Meghan — disse ela. — Acho que foi por isso que o Jason achou que a gente podia se dar bem, porque nós dois curtimos esses lances de tecnologia e informática.

— É, depois que chego do trabalho quero falar sobre qualquer coisa, menos sobre "esses lances de tecnologia e informática" — rebateu Matt.

O sorriso de Eva pareceu forçado.

— Verdade, eu também.

Os dois não abriram mais a boca pelo resto do caminho até o restaurante.

Matt não tinha voltado ao Novopolitano depois do divórcio. O lugar estava igualzinho, com a iluminação baixa e romântica e violinos tocando suavemente ao fundo. O maître idoso o encarou com um lampejo de reconhecimento nos olhos.

— Ah, eu lembro do senhor! — exclamou. — Sempre o via por aqui com sua linda esposa.

— Bom, ela não é mais minha linda esposa — resmungou Matt.

Por que as pessoas não cuidavam da própria vida?

O maître ficou pálido, mas logo recuperou a compostura.

— Ah, compreendo. Mesa para quatro, então?

Matt pediu ossobuco, seu prato favorito. Meghan também, o que ele considerou uma prova de bom gosto. Tanto Jason quanto Eva escolheram espaguete à bolonhesa, uma falta de sofisticação que deixou Matt chocado. Não seria de se surpreender se os dois tivessem pedido os pratos do cardápio infantil.

Foi quando uma ideia começou a lhe ocorrer. Ele era muito mais compatível com Meghan do que Jason, não era? Afinal de contas, ambos eram atraentes e chiques. Jason e Eva, por outro lado... eram *legais*, mas não tinham estilo... não tinham borogodó. Eram espaguete à bolonhesa, enquanto Matt e Meghan eram ossobuco.

E se ele usasse aquele encontro para seduzir Meghan e roubar a garota de Jason? Estava na cara que os dois eram mais compatíveis, e talvez Jason não ficasse chateado se tivesse Eva como prêmio de consolação. Além do mais, botar a vida amorosa em ordem poderia proporcionar a Matt a paz de que precisava para descobrir o que havia de errado com o jogo e resolver tudo de uma vez por todas.

Quando o garçom trouxe as saladas, Matt disse:

— A gente quer uma garrafa de pinot grigio, pode ser?

— Claro, senhor — respondeu o homem.

— Valeu, cara — agradeceu Jason. — Adoro quando você é mão-aberta assim.

Matt deu de ombros.

— Não dá para ser pão-duro numa noite de diversão. Custa caro ter boa comida, bom vinho, bons amigos.

— Não custa nada ter bons amigos — corrigiu Eva.

Ah, pronto. Ela ia começar a bater boca? Sério?

— Bom, custa sair para se divertir com os amigos — retrucou Matt. — E agora?

— Não, na real — insistiu ela, remexendo a salada no prato. — Passei alguns dos meus dias mais divertidos com amigos só de bobeira, conversando.

— É, mas boa comida e bom vinho com certeza melhoram bastante a conversa — insistiu Matt. — O que você acha, Meghan? Faz sentido?

— Bom, não deixa de ser verdade — começou a outra jovem. — Mas concordo com Eva. Às vezes, é mais gostoso passar a noite toda de pijama, só conversando e comendo manteiga de amendoim direto do pote.

Para Matt, parecia que Meghan só não queria fazer a amiga se sentir mal.

Quando o vinho chegou, ele fez menção de servir Eva, mas ela cobriu a taça.

— Obrigada, mas eu não bebo.

*Nossa, ela é um saco*, pensou Matt, servindo Jason.

Depois de um tempo, repôs o vinho de Meghan; quanto mais ela bebesse, mais caidinha ficaria por ele.

Ao longo do jantar, Matt contou histórias interessantes sobre sua vida e suas conquistas. Até se sentiu um pouquinho culpado por não deixar muito espaço para Jason falar, claro, mas era importante que Meghan soubesse que tipo de homem ele era.

Entre o prato principal e o tiramisù, Jason e Eva pediram licença e foram ao banheiro, deixando Matt e Meghan a sós na mesa. A oportunidade não poderia ter sido mais perfeita.

— Então, você está saindo com Jason agora porque... bom, os opostos se atraem, né? — perguntou, abrindo um sorriso. A luz das velas refletia nos cabelos loiros de Meghan, que era mesmo lindíssima. — Mas eu só queria dizer que acho você um espetáculo, e gostaria de passar meu número. Caso, sei lá... venha a calhar no futuro.

Os olhos azuis de Meghan faiscaram.

— Achei que você e Jason eram melhores amigos.

Matt ficou surpreso ao ouvir a raiva na voz dela.

— Bom, somos mesmo, mas sabe o que dizem: no amor e na guerra, vale tudo.

— Só porque "dizem" não significa que é verdade — rebateu ela. — Passou a noite toda só falando de como se acha incrível. Talvez Jason não se vista tão bem e não tenha um emprego tão impressionante, mas é incrível porque é legal e carinhoso.

Matt não ficaria sentado ali para aturar aqueles absurdos de outra mulher iludida.

— Bom, espero que curta sua vida de pobreza com seu amorzinho legal e carinhoso — resmungou ele, ficando de pé. Estava tão irritado que sentia a fumaça saindo das orelhas, como se fosse um personagem de desenho animado das antigas. — A noite foi um belo desastre. Espero que você e Jason sejam legais o bastante para dar à minha "acompanhante" do encontro, nem lembro o nome dela, uma carona para casa.

E, com isso, pegou a garrafa de vinho e saiu do restaurante a passos largos.

Já estava no carro quando se deu conta de que tinha ido embora sem pagar sua parte da conta. *Ótimo*, pensou. *Eles que se virem.* Bem feito, quem mandou não apreciarem sua companhia?

Matt pisou fundo no acelerador enquanto voltava para casa, pensando em como o dia tinha sido péssimo. Parecia que os problemas com o jogo tinham contaminado sua vida por inteiro — mas aquilo ia mudar.

Ele acordou com um enjoo esquisito. Geralmente, dor de barriga logo pela manhã era sinal de que tinha bebido demais na noite anterior. Entornara o resto da garrafa de vinho sozinho, mas ainda assim não passava do equivalente a umas três taças. Não era o suficiente para ficar de ressaca.

Café era a solução, decidiu ele, assim como para boa parte dos problemas da vida. Então Matt se arrastou até a cozinha e pôs a água para ferver. Só de pensar em ingerir qualquer coisa Matt já sentia calafrios, mas botou uma fatia de pão integral na torradeira, caso o estômago vazio fosse a causa do mal-estar.

Munido de café e torrada, ele se sentou à mesa da cozinha. Um gole e uma mordida depois, sentiu um embrulho violento no estômago. Antes mesmo de tomar a decisão consciente de se mover, viu-se debruçado na pia da cozinha, vomitando não só o desjejum, mas tudo o que parecia ter consumido nos últimos dias.

Depois lavou a pia, umedeceu uma folha de papel-toalha e a pousou na testa suada. Seu corpo não poderia ter escolhido momento pior para passar mal. Não dava para matar o trabalho: o jogo precisava ser consertado.

Matt decidiu que terminaria os ajustes até a hora do almoço. Depois, poderia tirar o restante do dia para descansar e se recuperar.

Era quase meio-dia, e o estômago de Matt ainda estava agitado como uma tempestade em alto-mar. Ele tinha arrastado o cestinho de lixo para perto da mesa, assim poderia colocar tudo para fora caso precisasse. Almoçar estava fora de cogitação.

Passara horas empenhado em consertar o jogo, em vão. Consultara todos os manuais à disposição. Lera uma porção de sites especializados na internet. Até ligara para um dos professores da faculdade, mas não tinha jeito.

Ele não estava acostumado a se sentir burro, muito menos um fracasso, mas de repente precisava lidar com as duas sensações desagradáveis e incomuns. Era como se Springtrap, sua própria criação, tivesse superado o criador.

Alguém bateu à porta.

— Pode entrar — disse Matt.

Esperava que a pessoa estivesse ali para salvá-lo, ou então para colocar um fim ao seu sofrimento.

— Fala, Matt.

Não era nenhuma das duas coisas. Era Gary, chefe de departamento, que em qualquer situação apenas 1) não ajudava em nada ou 2) fazia as pessoas sofrerem ainda mais. Matt cerrou os dentes.

— Fala, Gary.

Esperava que sua angústia não fosse visível, mas tinha quase certeza de que era.

Ele ofegava e suava como se tivesse acabado de correr uma maratona. A intensidade da sua náusea tornava difícil até mesmo falar. Tinha medo de abrir a boca e deixar escapar outras coisas além de palavras.

Gary se sentou na cadeira do outro lado da mesa. Estava, como sempre, impecavelmente arrumado, com o cabelo repartido num penteado digno do boneco Ken e o terno caro sem um mísero vinco.

— Você chegou a dar uma olhada nas redes sociais nesses últimos dias? — Ele sorriu, exibindo os dentes retos e perfeitamente brancos. — A criançada está enlouquecida pelo jogo... Alguns adultos também. Vai ser um estouro, Matt. Um *estouro*.

— Um estouro — repetiu o desenvolvedor, falhando miseravelmente em sua tentativa de sorrir. A boca se negava a se curvar.

— Mas e aí, como andam as coisas? — perguntou Gary, se inclinando na cadeira. — Está tudo avançando como deveria? Porque vou te falar: o prazo está *batendo à nossa porta*.

Matt já estava ciente.

— Tudo ótimo — afirmou ele, esperando soar mais confiante do que se sentia.

— Bom saber — respondeu Gary, como se estivesse tentando decidir se acreditava ou não. — Posso ajudar com alguma coisa?

— Não, está tudo nos conformes — insistiu Matt, a voz ficando aguda e estranha como acontecia sempre que estava nervoso.

— Maravilha! — exclamou Gary, ficando de pé. — Estou ansioso para ver o resultado. Você vai apresentar o jogo na sexta, né?

— Isso. Sexta. Pode apostar.

Matt engoliu em seco.

Gary foi embora, fechando a porta ao sair. Matt apoiou a testa na mesa, desesperado. Começara a manhã se sentindo confiante na própria habilidade de resolver o problema, mas de repente o tempo parecia ter fechado.

Matt fez uma pausa para o almoço — não para comer, e sim para sair do escritório e tentar clarear a mente. Andou meio quarteirão até o Bar do Gus, um estabelecimento mal iluminado que o lembrava dos botecos que frequentava na época da faculdade. Tomar um refri para ver se sossegava o estômago era uma boa ideia. Além disso, o Bar do Gus não ficava lotado na hora do almoço, então a combinação de um refrigerante com a escuridão e o silêncio talvez o ajudassem a pensar.

O próprio Gus o atendeu, anotando seu pedido. Matt queria que todos os relacionamentos pudessem ser simples daquele jeito. Bebericou o refrigerante e se pôs a pensar. Bom, não havia tempo para começar o jogo do zero, mas será que conseguiria encontrar outra solução para consertar o problema e salvar seu emprego?

Matt olhou ao redor. No canto havia alguns fliperamas retrô, que provavelmente estavam ali desde o lançamento, nos anos 1980. Encarou a tela de início de um antigo jogo de labirinto, em que um carinha esquisito redondo e amarelo era perseguido por fantasmas de cores vivas. Foi quando teve a ideia.

*Posso programar um novo Springtrap que siga o caminho certo. O código antigo está tão zoneado que nem vai ter impacto no jogo. Ninguém vai sequer saber que ele existe.*

Por que não havia pensado naquilo antes? A resolução do problema estava no papo. Matt comeu um punhadinho de amendoim e terminou o refri. Algo na combinação do salgado do petisco com o borbulhar da bebida acalmou seu estômago. Depois voltou ao escritório para criar um novo Springtrap — um que seguisse o roteiro.

E, dessa vez, Matt não bateria de frente com o coelho. Tinha aprendido a lição.

Não tinha sido fácil hackear o computador da empresa, mas Gene havia conseguido. Talvez fosse um sinal de que as coisas estavam se encaminhando. A vida não andava muito boa ultimamente. Ele tinha sido demitido do emprego na Equipe Nerd da loja de eletrônicos Mais Barato; por isso, teve que voltar a morar com os pais até que pudesse encontrar outro serviço, o que ainda não havia acontecido. Era deprimente ser adulto e ter que dormir em seu quarto de criança, olhando para todos os troféus dos campeonatos de conhecimentos gerais e das olimpíadas de matemática da escola enquanto se dava conta de como tudo aquilo era insignificante.

Era por isso que ele vinha ganhando tanto peso. Depressão e comida caseira de mãe eram uma combinação perigosa.

Mas ao menos tinha um pequeno motivo para se animar: a própria cópia antecipada de *A vingança de Springtrap*. Com suas habilidades afiadas de hacker, Gene seria uma das primeiras pessoas — se não a primeira — a jogar a novidade. E, com suas habilidades afiadas de jogador, talvez fosse o primeiro a zerar o jogo também. Aquilo, sim, seria uma conquista.

Gene colocou os óculos de realidade virtual. Estava pronto para jogar.

• • •

*Criou um avatar parecido com a versão aprimorada de si mesmo, como ficaria depois que se recuperasse. Acreditava que ter hackeado o sistema e conseguido o jogo era um bom sinal. Um sucesso que seria o primeiro de muitos.*

*Depois de criar seu avatar, Gene se viu parado na extremidade de um corredor escuro. Começou a seguir até a ponta oposta. Havia uma porta à esquerda e uma à direita. Aleatoriamente, escolheu a da direita, que o levou a um cômodo com mais quatro portas. Estava na cara que precisava escolher uma, e com base nas suas experiências passadas com os jogos da franquia* Five Nights at Freddy's, *sabia que a escolha errada acabaria com um susto e uma tela de* GAME OVER.

*Gene escolheu a porta da esquerda. Respirou fundo, virou a maçaneta e abriu. Tudo limpo. Soltou um suspiro de alívio e deu alguns passos adiante, indo parar em outro corredor escuro. Avançou até trombar com uma parede. A realidade virtual era impressionante, ele tinha que admitir. Quando o avatar bateu no obstáculo, deu para sentir o impacto.*

*Ele seguiu para a direita, uma passagem adiante, e tateou a parede para achar o caminho. Entre a perspectiva limitada oferecida pela realidade virtual e a falta de luz, o labirinto não era brincadeirinha de criança. Mas se havia uma coisa que Gene fazia com plena confiança em si mesmo era jogar videogame. Sem dúvida, ia encontrar o caminho.*

*Estranho... Até onde ele sabia, parte da diversão era seguir pelo labirinto e evitar personagens assustadores que espreitavam nos cantos e davam o bote quando menos se esperava. Até aquele momento, porém, Gene não havia topado com ninguém — nem mesmo com o personagem principal. O jogo se chamava* A vingança de Springtrap. *Então onde estava o coelho?*

• • •

— Gene Júnior! O jantar está pronto! — chamou uma voz da cozinha, quebrando a imersão do rapaz no jogo. — Tem pimentão recheado e macarrão com queijo!

— Já estou indo, mãe! — respondeu Gene, mesmo sabendo que ainda ia demorar um pouquinho.

Não sairia do jogo antes de encontrar Springtrap.

Além disso, sabia muito bem que a mãe não permitiria que o filho passasse fome. Se demorasse muito para ir até a mesa, ela faria um prato e levaria até o quarto para que ele pudesse comer enquanto jogava.

*Gene viu algo verde surgir de um canto do labirinto. Foi até lá investigar, se preparando para tomar um susto. Apesar de realmente assustadora, a versão de Springtrap que encontrou parecia incapaz de dar um susto em alguém.*

*O corpo do coelho jazia imóvel, esparramado de costas no chão, com o abdômen aberto. Molas e engrenagens irrompiam do ferimento. Seus olhos estavam escancarados e vazios.*

*Gene pensou que poderia ser um truque, que a qualquer momento o coelho verde ressuscitaria e o agarraria pelo tornozelo. Mas o bicho só continuou ali deitado. Gene fez o avatar cutucar a criatura com o pé, mas nada aconteceu. Parecia* GAME OVER *para Springtrap.*

*Tudo aquilo não fazia sentido. Se o jogo era sobre a vingança de Springtrap, por que o suposto personagem principal apareceria morto logo no início?*

*A não ser que a trama envolvesse fantasmas…*

• • •

— Gene Júnior! A comida vai esfriar!

— Já vou, mãe! Deixa só eu terminar de... me candidatar a essa vaga de emprego — respondeu Gene.

Sabia que a mãe lhe daria mais uns minutinhos de paz se achasse que ele estava procurando emprego.

Gene precisava descobrir qual era o problema com *A vingança de Springtrap*, e o único jeito de fazer isso era dar uma olhada no código. Hora de botar para jogo suas habilidades de hacker de novo.

Depois de alguns comandos, conseguiu entrar. Mas o que viu não fazia o menor sentido: de acordo com o código, Springtrap tinha sido removido do jogo que levava seu nome no título. O programa que iniciava a extração se chamava, por mais bizarro que fosse, "Eh_um_menino.exe".

Matt estava com fome. *Morrendo* de fome. Tinha se acomodado numa mesa para dois na Churrascaria Velha de Guerra. Quem lhe fazia companhia era Madison — que, felizmente, era tão bonita quanto nas fotos, com cabelo acobreado brilhoso e grandes olhos castanhos.

Aquele era o primeiro encontro dos dois, mas a fome era tanta que Matt mal conseguia se concentrar na conversinha fiada que a situação exigia. Percebeu que tinha puxado o cesto de pães para si e, distraído, mastigava os quitutes.

— Opa, foi mal... Quer um pouco? — ofereceu, se forçando a empurrar o cesto na direção da garota.

— Não, valeu — respondeu ela, abrindo um sorriso meio constrangido. — Estou maneirando nos carboidratos.

— Eu não, óbvio — gracejou Matt, tentando apelar para o humor enquanto abocanhava outro pão. Aquele era o quê, o quarto? Quinto?

A garçonete apareceu, e antes mesmo que pudesse perguntar os pedidos, Matt respondeu:

— Quero uma bisteca malpassada com batata assada e creme de espinafre. E, por favor, manda também outra cestinha de pães.

— E para a senhorita? — questionou a garçonete, se virando para Madison.

Matt entendeu o comentário como um leve cutucão, um lembrete de que deveria ter deixado a dama pedir primeiro — mas estava faminto demais para se importar com etiqueta. A fome era tão grande que parecia um problema de saúde.

— A salada de frango e bacon com molho de gorgonzola — pediu Madison.

Matt esperava que a garçonete chegasse logo com o outro cesto de pão antes que ele precisasse devorar a toalha de mesa.

— Sabe, sempre tive uma curiosidade... — começou ele. — Mulheres costumam pedir salada nos encontros... É como se não quisessem que os caras vissem vocês comendo demais. Quando saem só as garotas, os pedidos são diferentes? Tipo, um pratão de costela ou coisa assim?

*Costela*, contemplou Matt. *Uma costelinha cairia muito bem.*

Madison deu uma risadinha.

— Depende do nível da minha fome. Às vezes, quando saio com a minha melhor amiga, a gente divide um hambúrguer com batata frita.

— Vocês *dividem* um hambúrguer com batata? — indagou Matt. — Isso não dá nem para tapar o buraco do dente.

Madison deu uma risadinha.

— Nada a ver. Meio hambúrguer é mais do que suficiente. Além do mais, mulheres não podem comer tanto quanto homens. Já ganho uns dois quilos só de olhar para um pedaço de cheesecake.

Cheesecake. Depois do prato principal, Matt definitivamente comeria um belo cheesecake. Raramente pedia sobremesa, mas naquela noite seria diferente.

*Pode parar*, advertiu a si mesmo. *Para de fantasiar com comida e dá atenção para a garota.*

— Bom — disse, enfim. — Não sei o que você está fazendo, mas pode continuar porque está funcionando. Você é muito gata.

—Valeu — agradeceu ela, sorrindo.

*Boa*, pensou Matt. *Na dúvida, é só fazer um elogio. Sempre ameniza as coisas.*

Quando a comida chegou, Matt estava com tanta fome que poderia comer um boi inteiro. A carne malpassada jazia numa poça apetitosa de sangue; quando cortou um pedaço, viu o interior vermelho.

— Acho que ouvi seu bife mugindo — comentou Madison, vendo Matt levar o pedaço sangrento aos lábios.

— E não vai ouvir por muito tempo, porque já, já isso tudo vai estar na minha barriga — respondeu Matt.

A carne quase crua estava uma delícia, tanto que ele fechou os olhos enquanto mastigava. Ignorou os legumes e cortou naco após naco do bife, enchendo a boca a cada garfada. Lamentou que comer de garfo e faca parecia retardar seu ritmo. Sério, faria muito mais sentido pegar a carne com as mãos e arrancar os pedaços com os caninos. Afinal, não era para isso que serviam?

Modos à mesa, regras de etiqueta — essas coisas só serviam para fazer o corpo demorar mais para obter a comida de que precisava. E o de Matt precisava daquela carne.

Não sabia muito bem quando tinha pegado o grande filé de bisteca do prato e começado a roer o osso, grunhindo baixinho com o prazer primal.

Até que notou Madison o encarando. A garota estava sentada do outro lado da mesa, segurando um garfo cheio de alface a caminho da boca, e olhava para Matt como se ele fosse um animal no zoológico.

Depois, ele se deu conta dos olhares que recebia dos outros clientes também.

Pousou o osso de volta no prato.

— Eu fui ao médico esses dias — mentiu. — O cara falou que eu estava com uma anemia das brabas. Acho que estava precisando muito dessa carne vermelha.

— Pelo jeito, estava mesmo — comentou Madison. Depois tirou o celular da bolsa e encarou a tela. — Ah, não... — lamentou. — Minha colega que mora comigo mandou mensagem. Meu gato está doente, preciso ir nessa. Valeu pelo jantar.

A garota deu no pé antes de escutar Matt dizer:

— Beleza, eu te ligo.

Por que ele não conseguia satisfazer aquela fome desesperadora? O bife já tinha acabado, assim como a batata assada e o creme de espinafre. Matt estendeu a mão e puxou o prato com o restante da salada, em que Madison mal tinha tocado. Seria uma pena jogar tudo aquilo no lixo.

• • •

Enquanto Matt tirava a roupa para tomar banho antes de dormir, captou um vislumbre do próprio reflexo no espelho do banheiro e quase não se reconheceu. Sua barriga definitivamente estava maior. Ele se sentia estufado pelo tanto que comera na churrascaria, mas a pança parecia maior do que o normal para a situação. Encarou o próprio rosto e deu de ombros. O que eram alguns quilinhos a mais? Ainda era um cara bonito. E, historicamente, ser um homem um pouco mais gordinho era sinal de prosperidade.

Matt acordou com um objetivo claríssimo de tão simples: chegar ao banheiro antes que fosse tarde demais. Jogou as cobertas para o lado e saiu correndo, depois vomitou na privada os restos do imenso e caro jantar da noite anterior. Ficou ali tendo engulhos, botando tudo para fora até não sobrar nada no estômago.

Por mais estranho que parecesse, continuou se sentindo inchado depois, a barriga ainda estufada. Será que estava com alguma virose maluca, cujos sintomas incluíam ciclos de enjoo extremo seguidos de fome absurda? Se fosse um vírus, estava demorando para ir embora. Teria que perguntar ao pessoal do trabalho se mais alguém estava com sintomas parecidos.

— Matt, você está bem? — perguntou Jamie, enquanto esperava a reunião começar. Estava com o cenho franzido numa expressão preocupada, mas Matt duvidava que fosse genuína.

— Ah, é só uma virose chata — explicou ele. O cheiro de café na sala, geralmente um dos seus aromas favoritos, estava lhe embrulhando o estômago. — Ou eu sinto enjoo, ou fome, e também estou inchado de tantos gases. Está sabendo de alguma virose rolando por aí com esses sintomas?

— Não sei, não — respondeu Jamie. — E disso eu entendo, porque meus filhos pegam todo tipo de micróbios na escola! — Ela sorriu. — Sério, talvez seja uma boa dar uma passada no médico. Dá para ver que você está inchado, e sua cor não está nada boa. A pele está meio amarelada, como se estivesse com icterícia... Acho que vale fazer uns exames de sangue e conferir se está tudo certo com seu fígado, só por desencargo de consciência.

— Ah, os médicos não sabem de nada — rebateu Matt.

Nem Jamie. Ele nem sabia por que tinha inventado de perguntar algo à mulher.

Gary chegou, o que, infelizmente, significava que a reunião ia começar, mas o lado bom era que encerraria qualquer outra conversa.

— Bom dia — cumprimentou o chefe, assumindo seu lugar à ponta da mesa. — Certo, a data de lançamento é daqui a duas semanas, e as avaliações do pessoal que teve acesso antecipado ao jogo chegaram. E os resultados são... — Ele conferiu as anotações. — Meio agridoces.

Jamie soltou um suspiro, e Gary prosseguiu:

— De acordo com as avaliações, a trama é boa, a jogabilidade é desafiadora e o número de sustos é consistente com o que os fãs de *Five Nights at Freddy's* esperam. — Ele pigarreou. — *Porém*, todo mundo concorda com uma coisa: o design da inteligência artificial do Springtrap parece malfeito, destoando da qualidade usual da franquia.

A bronca não foi direcionada a Matt, mas foi como se tivesse sido. Com a série bizarra de regenerações e mortes de Springtrap depois de ter sido deixado vagando sozinho pelo labirinto, Matt teve que correr para criar uma nova inteligência artificial para ser usada no jogo. Mas estava confiante de que, apesar da pressa, ainda tinha feito um bom trabalho. Bom o suficiente, pelo menos.

— Ah, sério? É isso que *as avaliações* estão dizendo? — perguntou Matt, sentindo o rosto arder de raiva. — Você vai me dizer quem são essas pessoas, ou não tem pessoa nenhuma e essa opinião é *sua*?

— Ei, ei… — começou Gary, e ergueu as mãos diante do corpo como se estivesse se defendendo. — Não tem por que dar chilique. Só estou dizendo que, nesse ramo competitivo, não dá para fazer um trabalho mais ou menos. Tem que ser o melhor.

— Eu sempre faço o melhor! — exclamou Matt, erguendo a voz. — Na verdade, estaria lá trabalhando agora mesmo se você não estivesse me fazendo perder tempo com essa reunião inútil.

Jamie estendeu a mão para tocar no braço de Matt, mas ele se desvencilhou.

— Sei que essas reuniões tomam um tempo que você poderia usar para trabalhar e pensar — respondeu Gary. — E prometo que não vou demorar muito. Mas depois que acabarmos, Matt, enquanto você trabalha e pensa, sugiro que reflita também no modo inapropriado que está usando para falar com seu supervisor.

Matt dirigiu para casa morrendo de ódio. Ultrapassou todos os limites de velocidade e furou todos os sinais vermelhos.

*Quero só ver um guarda me parar*, pensou ele. *Quero só ver.*

Estava sendo consumido tanto pela raiva quanto pela fome, mesmo ainda tão inchado e cheio de gases que parecia um balão prestes a explodir. Quando passou por uma hamburgueria, o cheiro de fritura o atraiu. Ele entrou no drive-thru e pediu um hambúrger duplo com queijo, batata frita grande e milk-shake de chocolate — comida que geralmente consideraria insalubre demais para consumo humano. Não queria ter que comer devagar por estar dirigindo, então parou no estacionamento e devorou a carne gordurosa e o monte de carboidratos como se fosse um bicho esfomeado.

A fome melhorou um pouco. A raiva, não.

Quando chegou ao apartamento, Jason estava tirando os jogos de videogame da prateleira e os colocando numa caixa de papelão. Também havia outras caixas cheias espalhadas pelo chão.

— O que aconteceu aqui? — quis saber Matt, embora já desconfiasse.

— Escuta, cara — começou Jason, sem nem olhar na cara dele. — Meghan finalmente me contou o que você fez. Quase deixou quieto porque moramos juntos, mas depois decidiu que eu precisava saber. Disse que você deu em cima dela quando deveria estar conhecendo a Eva. Que passou seu número mesmo sabendo que ela estava saindo comigo. Bem zoado isso, cara.

— Beleza — respondeu Matt. — Se quiser que eu peça desculpas, eu peço.

Mas, no fundo, não achava que precisava se desculpar.

Não tinha forçado Meghan a se afastar de Jason. Estava só dando à garota uma alternativa.

Jason balançou a cabeça.

— Viu, essa é a questão. Não quero que você peça desculpas. Quero que pare de ser um escroto. Mas, infelizmente, acho que não vai rolar, então vou embora. Naquele dia, você passou o jantar inteiro falando sobre como é próspero e bem-sucedido… e, logo depois, vazou sem pagar a conta. Você não precisa da minha ajuda com o aluguel. Consegue manter esse lugar sem mim.

— Consigo — concordou Matt. — Mas quero que você fique.

Sem saber o motivo, de repente foi tomado pela necessidade de não estar sozinho. Era uma sensação vaga, mas persistente, de que algo ruim aconteceria se ficasse só.

— É, bem, Eva queria que você tivesse sido legal com ela, mas isso não aconteceu. Ela é tão gente boa, Matt. Merecia ser tratada direito.

— Claro, você me arranjou uma garota com uma "ótima personalidade" — rebateu Matt, soltando uma risada amarga. — E ficou com a bonita para você.

Jason ergueu as mãos, exasperado.

— Cara, escuta… Não vou ter essa conversa agora. Estou indo nessa. Vou pegar uma caminhonete emprestada com um parceiro, aí volto amanhã cedo para levar minhas coisas enquanto você estiver no trabalho. Acho que é melhor a gente não se falar por um tempo.

E, com isso, Jason pegou as chaves e saiu.

Matt buscou uma cerveja na geladeira e se sentou no sofá. Como as coisas tinham azedado tão rápido? Nem precisava ir muito longe. Já sabia a resposta.

Era o coelho. Matt não sabia como explicar, mas a culpa era do coelho.

A cerveja desceu azeda e desagradável, e Matt sentiu uma dor de cabeça começando a se formar nas têmporas. Estendeu a mão para massagear o ponto dolorido e sentiu um calombo no couro cabeludo. Será que era possível ter batido a cabeça com força o suficiente para ter criado um galo e não se lembrar? Se fosse o caso, o que aquilo podia significar? Algum tipo de lesão cerebral que o estava fazendo enlouquecer? Talvez devesse estar preocupado com a saúde física, não a mental.

Precisava conversar com alguém sobre seus problemas, mas não havia ninguém. Hannah o abandonara. Uma série de namoradas ingratas o haviam abandonado. E de repente, Jason, seu melhor amigo, o abandonara também. Como se já não fosse ruim o bastante, ele ainda estava sendo desprezado e criticado no trabalho.

Talvez tal solidão fosse o triste preço a se pagar por sua genialidade. Assim como diversos gênios antes dele, estava se sentindo isolado e incompreendido. Pela primeira vez desde que se tornara adulto, Matt chorou de soluçar.

Matt não conseguia fechar a calça. No dia anterior, apesar de apertada, a peça ainda servira. Naquela manhã, porém, não fechava de jeito nenhum. Ele tinha passado o dia de pijama, mas enquanto tentava vestir a calça jeans, ficou nítido que a barriga inchara tanto que a cintura enxuta tinha se tornado uma memória distante. Tentou outra calça mais larguinha, depois uma terceira, também em vão. As peças descartadas foram se acumulando sobre a cama.

O problema era que ele tinha um encontro dali a alguns minutos — e, por mais que achasse as regras de etiqueta idiotas e opressivas, aceitava que um encontro público exigia o uso de calça. Começou a revirar o armário até achar uma peça de um tamanho maior lá no fundo. Vestiu a roupa, mas não conseguiu fechar o zíper na altura certa. Decidiu abaixar um pouco a cintura e enfim conseguiu prender o cós sob a barriga avantajada. Nem assim conseguiu abotoar a roupa, mas ele deu um jeito com um cinto. Não era a situação ideal, mas daria para o gasto.

Matt tinha combinado de ir a um barzinho com uma garota que havia conhecido pela internet. Assim, se a noite acabasse sendo tão desastrosa quanto as outras, ao menos não precisaria pagar o jantar.

O bar era um daqueles lugares sofisticados e modernos frequentados por jovens trabalhadores urbanos, cheio de superfícies cromadas, vidros e iluminação indireta. Ao entrar, Matt viu seu reflexo num dos vários espelhos e tomou um susto. A barriga estava tão inchada que os botões da camisa pareciam prestes a arrebentar, as frestas entre eles revelando a pele amarelada. Seu rosto e cabelo estavam encharcados de suor. E era só fruto de sua imaginação ou os fios também estavam ficando mais ralos?

Ainda assim, Matt sabia que estava muito acima do nível de qualquer um dos otários naquele bar. Emma — aquele era o nome da garota nova, certo? — tinha sorte de estar saindo com ele.

Matt não a reconheceu de primeira. Emma estava sozinha numa mesa, e acenou para ele. O rosto dela era bonito como na foto do aplicativo de namoro, assim como o cabelo loiro. Mas, na imagem usada no perfil, ela estava com pelo menos uns dez quilos a menos. A moça era *rechonchuda*. Ainda bem que Matt não a tinha levado para jantar. Provavelmente não conseguiria arcar com a conta.

Bom, tarde demais para dar para trás. Ela já o vira. Então Matt abriu um sorriso e foi até a mesa.

— Emma?

— Matt!

Ela abriu um sorriso amplo e gesticulou para que ele se sentasse também.

— E aí, o que a gente vai beber?

— Hum… Um martíni de maçã?

— Opa, um drinque frutado de menininha no capricho… Deixa eu falar com o barman.

E, com isso, foi até o bar pedir o Drinque de Menininha para Emma e um martíni puro para si. Era uma bebida forte, mas ele tinha a sensação de que precisaria de muito álcool para aturar aquele encontro.

— Uau, muito obrigada — agradeceu Emma quando ele voltou com o drinque verde-fluorescente de aparência tóxica. —Valeu por ter escolhido este lugar. Adorei. Tenho que admitir que não costumo sair muito. Em geral, chego do trabalho, coloco o pijama e assisto a algo na Netflix.

*E toma um potão de sorvete*, pensou Matt, mas só sorriu e então assentiu.

— Sei bem, às vezes acabo ficando só de bobeira com meu amigo que mora comigo, jogando videogame — contou Matt.

Depois se lembrou de que Jason não morava mais com ele. Não precisava explicar aquilo à garota, porém. Já tinha decidido que nunca mais a veria.

— Mas me conta, você é desenvolvedor de jogos, certo? — perguntou Emma, bebericando o coquetel. — Então sempre que fica de bobeira no videogame é tipo uma pesquisa, né?

Matt se forçou a abrir um sorrisinho. Algo estava acontecendo no seu abdômen. A pressão aumentava de uma forma desagradável, quase como se uma força empurrasse a barriga de dentro para fora. Ele deu um golinho no martíni, que bateu no estômago como ácido de bateria. Devia ter feito careta, porque Emma perguntou:

— Tudo bem?

— Tudo, sim — respondeu, mas era mentira. Parecia uma fruta prestes a explodir de tão madura. Não conseguiria ficar ali, papeando educadamente. — Mas deixa eu falar uma coisa: não vai rolar nada entre a gente. Então pode curtir aí sua bebida que já vou indo nessa.

— Calma aí... — falou Emma. — Você mal conversou comigo. É cedo demais para saber se sou uma pessoa interessante ou não. Então me diz, como sabe que não vai rolar entre a gente?

Sério que a garota o forçaria a dizer em voz alta? Pelo jeito, sim.

— Olha, Emma, tenho certeza de que você é muito gente boa. Mas, quando for postar fotos em aplicativos de namoro, precisam ser atuais. Não uma de dez quilos atrás.

Emma ficou de queixo caído.

— Não acredito que você teve coragem de falar isso para mim! Primeiro, é superficial e ofensivo. Além do mais, você já se olhou no espelho ultimamente? Fica à vontade, tem vários por aqui. Na foto do aplicativo, você está com pelo menos uns *quinze* quilos a menos! Eu notei isso quando você chegou? Claro, mas nem liguei. O que me incomodou foi o fato de você ser um baita hipócrita!

— Beleza. Bom, acho que a gente concorda que esse encontro acabou, né?

Quando ficou de pé, Matt ouviu um som repetitivo como o de pipoca estourando. Depois, sentiu uma brisa fresca no torso. Ao olhar para baixo, percebeu que a barriga inchada tinha feito os botões da camisa arrebentarem, deixando-o seminu no meio do bar.

Emma riu. Uma gargalhada tão alta que lembrava o ronco de um porquinho. Riu até os olhos lacrimejarem.

— Não acredito! — exclamou, entre gargalhadas. — Esse foi o melhor pior encontro da minha vida! Espera só até eu contar para as minhas amigas!

Matt tentou fechar a camisa e saiu correndo do estabelecimento. Assim que chegou à calçada, a pressão da barriga arrebentou a fivela do cinto, e ele precisou segurar a calça com a outra mão para evitar que caísse.

Manteve as roupas no lugar só até chegar ao carro. Tudo o que queria era ir logo para casa e deixar que aquela noite horrível chegasse ao fim.

De volta ao apartamento, Matt colocou uma camiseta bem larga e calças de pijama. No dia seguinte, teria que comprar roupas novas. Mas o que usaria para ir até a loja? Será que viraria uma daquelas pessoas bregas que usavam pijama em público?

A pressão em sua barriga estava piorando, e o calombo estranho na cabeça doía conforme esticava o couro cabeludo. Talvez algum remédio pudesse ajudar. Foi até a cozinha, mastigou pastilhas de antiácido e bebeu um copo de água.

Esperou pelo alívio, mas ele não veio. Em vez disso, a pressão só aumentou. Matt olhou para sua barriga, inchada como uma melancia. A força exercida de dentro para fora era intensa, e latejava sem parar.

Observou a pele do abdômen. Havia algo se movendo debaixo dela. Dava para ver os contornos suaves de uma forma indeterminada. Matt abafou um grito quando se deu conta da verdade: havia algo dentro dele, lutando para sair.

O latejar doloroso ficou mais insistente, um batuque agonizante. Se aquilo — o que quer que fosse — conseguisse escapar, a dor pararia. *Sai, sai*, pensou Matt, fechando os olhos e cerrando a mandíbula. Pegou a camiseta jogada e mordeu o tecido, procurando uma válvula de escape para a dor.

Se a coisa saísse, a dor pararia. Mas como fazer isso? Não havia para onde correr.

Outra pontada lancinante o atingiu, desta vez avassaladora. Ele se inclinou, agarrando a bancada da cozinha para se equilibrar. Pousou os olhos nas facas penduradas num ímã na parede.

*Posso cortar a barriga. Cortar vai aliviar a pressão e arrancar o que quer que esteja lá dentro. Vai me livrar desse fardo. Quero me livrar disso.*

Assim, agarrou a faca maior e mais afiada e se deitou de costas no chão. Começar o corte seria a parte mais difícil, mas a dor que sentia era maior do que qualquer uma que pudesse infligir a si mesmo. Por isso, Matt enfiou a ponta da faca no topo do abdômen e pressionou a lâmina para baixo, mordendo a camiseta o tempo todo para que os vizinhos não escutassem os gritos.

Sentiu dor, mas também alívio. A pressão parou, o sangue fluiu, e Matt viu, irrompendo do corte, uma longa orelha de coelho. Depois o bicho inteiro emergiu, úmido e escorregadio de tanto muco — um Springtrap perfeito do tamanho de um recém-nascido saudável. No entanto, ao contrário de um bebê, o coelho se içou para fora do corte, caiu de joelhos no chão da cozinha e depois se levantou.

A consciência de Matt ia e voltava por conta da hemorragia; mesmo naquele estado atordoado, porém, podia ver que a criatura que tinha brotado dele era Springtrap, mas ao mesmo tempo *não era*. Aquele ser era mais real, mais orgânico do que o do videogame. A mente de Matt relembrou uma história que a mãe lhe contara quando era pequeno, sobre um coelhinho de pelúcia que queria tanto ser de verdade que seu desejo foi atendido.

O Springtrap que assomava sobre o corpo ensanguentado de Matt não era um amálgama de código que alguém como ele programara num computador. Aquele Springtrap era *real*.

O coelho verde se sentou no chão ao lado dele, repousando a cabeça de Matt em seu colo felpudo. A sensação era boa. Matt estava perdendo muito sangue. Será que era possível perder tanto sangue e continuar vivo?

A criatura acariciou a bochecha dele. Matt não sabia se chegara a ouvir a palavra sair da boca do bicho ou se tinha sido apenas fruto de sua imaginação:

*Papai.*


— Então você entrou no apartamento e o encontrou assim?

O policial fazia anotações enquanto conversavam na cozinha inundada de sangue.

— Isso mesmo. — Jason estava tremendo. Conseguia sentir o coração martelando no peito. — Eu estava me mudando do apartamento, e vim até aqui às dez da manhã para pegar o restante das minhas coisas.

— Às dez? — perguntou o policial.

— Isso, senhor. Achei que o Matt estaria no trabalho, mas aí encontrei ele… aqui.

A voz de Jason estava embargada. Tentava se segurar, sem muito sucesso.

— Então vocês moravam juntos, mas você estava saindo do apartamento — resumiu o policial. — Por acaso tiveram algum tipo de desentendimento?

— Sim. Mais ou menos, mas foi coisa boba. Nada que me levaria a fazer algo… assim. E, além do mais, não sou uma pessoa violenta. Jamais conseguiria fazer algo desse tipo, de um jeito ou de outro.

Jason queria que alguém cobrisse o corpo. Mesmo depois, porém, sabia que não conseguiria esquecer a cena. Matt estava estripado como um peixe, um buraco imenso aberto no torso sem camisa. Sangue havia escorrido pelas laterais do ferimento de modo a formar uma grande poça coagulada no chão da cozinha. A faca ensanguentada que Jason usara tantas vezes para cortar legumes repousava na mão sem vida de Matt.

— Seu colega tinha inimigos, alguém que quisesse fazer mal a ele? — perguntou o policial.

— Bom, o Matt era um cara que incomodava os outros, não era uma pessoa muito fácil de lidar. Mas só porque às vezes era irritante não significa que alguém o queria morto.

O policial assentiu.

— Ele andava dando sinais de depressão ou talvez pensamentos suicidas?

— Acho que estava meio deprimido, sim — contou Jason. — Passou por um divórcio meio tenso e depois disso se envolveu em vários relacionamentos que não duraram muito enquanto tentava superar. Também tive a impressão de que andava bastante estressado com o trabalho, mas ele não era de falar dessas coisas. — Jason olhou para o corpo do amigo. Era a última coisa que queria ver, então por que não parava de olhar? — Por que alguém faria uma coisa dessas consigo mesmo?

O policial ergueu os olhos das anotações.

— Olha, rapaz, no meu ramo a gente sempre se surpreende com o que as pessoas são capazes de fazer.

O sujeito observou o cadáver, depois estreitou os olhos como se tivesse reparado em algo que lhe passara despercebido até então. Colocou luvas de látex, depois se agachou e estendeu a mão para pegar o que vira.

Era um tufo de algo verde e felpudo — como a pelagem artificial de um bicho de pelúcia.

— Você tem ideia do que isso pode ser? — perguntou o policial.

Jason encarou o punhado de pelagem verde, que nunca tinha visto na vida. Estava coberto de uma meleca desagradável, como um muco transparente.

— Não tenho a menor ideia — respondeu.

O policial esfregou os fiapos melequentos entre o indicador e o polegar, observando-os com uma expressão confusa, depois deu de ombros e limpou a mão num papel-toalha.

# O HOMEM NO QUARTO 1280

`De pé, junto à janela` engordurada do quarto 1280, as enfermeiras mantinham as costas viradas para o paciente num gesto deliberado, observando o padre se aproximar do hospital. Respiravam o mais baixo possível, tentando ignorar a sensação de estarem sendo vigiadas... e julgadas.

— Alguém precisa contar para ele — falou uma das enfermeiras, séria.

— Ele não vai acreditar — argumentou a segunda.

A expressão da enfermeira-chefe parecia dura como pedra.

— Então, vai aprender por mal.

Arthur pedalou sua bicicleta vintage, Ruby, pelo arco de pedra na extremidade da via que levava ao Hospital Héracles. A estrutura, assim como o próprio hospital, era coberta por hera verde e espessa.

Os antigos pneus de câmara da bicicleta guinchavam ao tocar o asfalto úmido, espalhando folhas caídas para todos os lados. Uma SUV preta ultrapassou Arthur, e o menininho no banco traseiro se virou para encarar, observando o ciclista enquanto o veículo dava a volta na rua que levava à entrada repleta de colunas do imponente centro médico.

Arthur sabia que ele e Ruby eram impressionantes de se ver. Nem *precisava* usar a batina longa e preta que esvoaçava atrás de si, mas *gostava*. Sentia-se nas nuvens, como se estivesse sendo erguido pelas asas de um anjo. Ou talvez Arthur só gostasse da própria aparência naquele traje, e se fosse o caso, tinha que melhorar em relação ao primeiríssimo dos pecados capitais. Ruby era uma prova disso. Um padre não precisava de uma bicicleta de 1953 completamente restaurada com para-lamas cromados e pintura vermelha e brilhante, mas não havia problema em apreciar o que tinha, certo? Ruby fora um presente de um homem em seu leito de morte. Como Arthur poderia ter recusado?

O padre sorriu com seus botões. A verdade era que não ligava nem um pouco para aparência, fosse sua ou de Ruby. Era apenas um homem manso que se permitia algumas indulgências que o faziam feliz.

Algumas gotas de chuva atingiram o rosto de Arthur, que logo se arrependeu de ter esquecido em casa o chapéu saturno de lã, tão grande que conseguia usar até por cima do capacete vermelho da bicicleta.

"Vai chover", alertara Peggy, funcionária de Arthur.

"O sol espreita atrás de todas as nuvens, Peggy", respondera o padre. "Na verdade, só precisa de um empurrãozinho para aparecer."

Ao que Peggy tinha rido, como costumava fazer.

Arthur olhou para o céu, cinza como aço. Dava para ver os fiapos escuros de nuvens *cirrus*, que se curvavam como dedos convidativos.

Ele baixou a cabeça e pedalou mais rápido. Só mais alguns metros e chegaria ao pórtico do hospital, onde poderia recorrer à dúbia proteção da estátua de pedra de Cérbero que assomava sobre as colunas da entrada do estabelecimento.

Aquele era um dos hospitais mais imponentes a que Arthur já fora chamado. A estrutura tinha sido construída havia séculos, e era feita de pedras brutas extraídas a duras penas da pedreira local, ao custo da vida de inúmeros homens. As paredes do lugar haviam acolhido gerações de dor, sofrimento e pesar. Mas Arthur sabia que também continham esperança, amor e alegria. Era como ele sempre optava por ver a vida.

Quando ergueu o olhar da estrada, o céu acima do hospital chamou sua atenção. O padre sorriu. Um único raio dourado de sol banhava a parte de trás do telhado vermelho, penetrando a escuridão e penetrando as nuvens cinzentas que pairavam sobre o edifício.

— Viu, Ruby? — comentou Arthur. — Eu falei… A gente só precisa de um pouquinho de fé.

A bicicleta não respondeu, e ele teve que rir sozinho quando, assim que a encostou no suporte sob o pórtico, a chuva começou a cair em gotas pesadas. Salpicavam o asfalto, enchendo o ar com o aroma doce de ozônio.

— É, chuva é bom também — falou o padre, erguendo a gola da batina enquanto descia do banco de couro de Ruby.

— Perdão, padre, o senhor falou algo comigo? — perguntou alguém.

Ao se virar, Arthur viu uma jovem de capa de chuva, o cabelo loiro preso num rabo de cavalo. Ela equilibrava nos braços uma mochila rosa, uma bolsinha laranja e um guarda-chuva vermelho. Tinha o rosto quadrado e uma boca larga, e o conjunto só não parecia masculino por conta dos vivos olhos azuis e da maquiagem vibrante. Ela sorriu para Arthur, hesitante.

— Olá, mocinha — cumprimentou ele, fazendo uma meia mesura.

O padre havia completado quarenta e sete anos na primavera anterior, mas parecia mais velho. Tinha cabelo grisalho havia quase uma década, e fortes emoções entalharam linhas de expressão no seu rosto. Um tempinho antes, tinha decidido que já era velho o bastante para se referir a mulheres jovens como "mocinha". Quando era mais novo, sempre ficava confuso na hora de escolher o termo para cumprimentar mulheres. "Senhora" ou "madame" parecia ofender na maioria dos casos, por motivos que o deixavam perplexo. Já "Ei, você aí" era sempre inapropriado.

— Oi — respondeu a jovem.

Arthur estendeu a mão.

— Padre Blythe, prazer.

Por dentro, se encolheu com a formalidade. Preferia sempre ser chamado pelo primeiro nome, mas o bispo já deixara mais do que claro que só toleraria as idiossincrasias de Arthur até certo ponto.

— Meu nome é Mia — respondeu a moça, apertando sua mão.

A dela era pequena e macia e estava muito, muito gelada. Arthur a apertou por um segundo a mais do que deveria, querendo transmitir um pouco do próprio calor para aqueles dedos gélidos.

— Mia Fremont — completou quando ele soltou sua mão. — Sou enfermeira aqui. Ou vou ser. Digo, sou. Bom, daqui a uns quinze minutos, no caso. Acho. Ou será que falo que sou porque já fui contratada?

A voz de Mia era suave, doce e cheia de uma incerteza muito cativante.

O padre sorriu.

— Parabéns — disse ele.

Depois observou a jovem com mais atenção, e viu que ela vestia um uniforme azul-escuro sob a capa de chuva amarela.

— Hã... Valeu?

Mia olhou para a entrada do hospital, franzindo o cenho. Seu lábio inferior tremeu por um instante.

Arthur tirou uma corrente da bolsa que usava atravessada no peito. Depois se inclinou e prendeu Ruby. Tinha plena fé no Senhor, mas prudência também era importante.

Um carro estacionou sob o pórtico, e dele saiu uma mulher grande que resmungava ordens para outra menor que a seguiu hospital adentro. Um casal de idosos caminhava devagar na direção da porta, de mãos dadas. Havia um guardinha sentado num banco próximo, encarando os pés. Dois pombos gordos saltitavam por ali, ciscando migalhas invisíveis.

A chuva se intensificou. Tamborilava alto no asfalto e chiava sob os pneus dos carros que passavam. Um gotejar metálico vinha das calhas na base das colunas do hospital.

Quando terminou, Arthur se deu conta de que Mia ainda estava parada ao seu lado, ocupada encarando a porta do hospital.

— Tudo bem aí, Mia? — perguntou o padre.

Mia pestanejou.

— O quê? Eu? Claro. Digo, vai ficar. Espero. Bom, sim, estou melhor do que antes. Eu… — Ela parou e se virou. — Por que tem uma estátua do cachorro do Hades ali?

Ela apontou para o telhado do pórtico.

Arthur franziu as sobrancelhas. Também não tinha certeza do porquê. Na mitologia grega, a função de Cérbero era impedir que mortos escapassem do submundo. Arthur não sabia se a estátua estava ali como uma sugestão de que mortos não podiam entrar no hospital ou se era para garantir que os pacientes falecidos no estabelecimento não saíssem. O simbolismo ficava ainda mais confuso considerando o nome do lugar. Héracles, filho de Zeus e Alcmena, era um herói mitológico. Um dos seus "doze trabalhos" tinha sido capturar Cérbero. Por conta do nome e da estátua diante do hospital, Arthur tinha lá suas dúvidas se estava num lugar onde imperava o bem ou o mal. De toda forma, ele tinha um serviço a fazer.

— Não tenho certeza — respondeu o padre. — Mas é só uma estátua.

Mia não pareceu convencida.

—Vamos? — sugeriu Arthur, conferindo o relógio de pulso.

Então indicou as portas automáticas do hospital, que tinham se aberto e se fechado pelo menos umas dez vezes desde que ele passara a corrente em Ruby.

Mia ergueu o queixo.

— Sim, acho que preciso ir mesmo. — Depois conferiu o próprio relógio. — Fiz questão de chegar cedo, e agora vou acabar me atrasando se não entrar logo.

Arthur deu um passo adiante, mas Mia não se moveu.

O padre hesitou. Queria resolver logo seus assuntos, mas pelo jeito Mia precisava de ajuda — e ajudar era o que Arthur fazia de melhor.

— Estou percebendo certa hesitação, é isso mesmo? — perguntou ele.

Mia suspirou.

— Esse emprego não era minha primeira escolha. Queria uma vaga em Glendale, o senhor conhece?

Arthur assentiu. Visitava o Hospital Glendale com frequência, e tinha que admitir que também gostava mais dele. Só tinha comparecido ao Héracles uma vez, na semana anterior, e fora o suficiente para saber que não seria seu lugar favorito.

Mas Arthur não podia ser exigente. Era convocado onde precisavam dele.

— Héracles é muito mais moderno do que Glendale — comentou o padre, como incentivo.

Dez anos antes, o hospital havia sido comprado por um bilionário, que praticamente o demolira antes de promover uma reforma que o transformara num centro médico de última geração. Tinham tomado o cuidado de manter os detalhes arquitetônicos do exterior, e até o interior da construção fazia referência a uma era antiga com suas paredes claras, chão de lajotas pretas e brancas, rodapés altos e sancas de gesso. O resultado era uma mistura maluca de épocas em que tecnologias de ponta dividiam espaço com lustres de cristal e arabescos em ferro fundido.

— Eu sei — respondeu Mia. — Mas... — Suspirou de novo. — Bom, acho que é melhor do que o hospital penitenciário. Era onde eu trabalhava antes.

Arthur ficou surpreso.

— Sério? Nunca te vi lá.

— O senhor visita a prisão?

— Visito os lugares onde precisam de mim — respondeu o padre.

Uma sirene berrou, guinchou e depois caiu num silêncio abrupto quando a ambulância estacionou na entrada da emergência do hospital, a uns quinze metros de onde Arthur e Mia estavam parados.

— Vamos entrar? — sugeriu ele.

Pousou a mão de leve nas costas de Mia, na tentativa de impelir a jovem adiante.

Não funcionou. Mia agarrou a manga da batina de Arthur.

— Como assim, visita os lugares onde precisam do senhor?

Arthur deu passagem a duas adolescentes munidas de um arranjo de balões que parecia grande o bastante para erguer e carregar as moças para longe. Então fez sinal para que Mia se juntasse a ele ao lado de uma moita de hortênsias, as flores grandes, brancas e cilíndricas desabrochadas com valentia mesmo com o friozinho do início do outono.

Já fora do caminho, Arthur se virou para a enfermeira.

— Eu dou a unção dos enfermos para os moribundos.

Mia estremeceu.

— Mas o senhor é tão animado, tão gentil... Como consegue ser assim mesmo convivendo diariamente com... a morte?

Arthur sorriu.

— A morte não é uma coisa triste. É uma transição. E sou como um guia de turismo para quem está de passagem. Ou talvez esteja mais para companheiro de viagem. Em vez de permitir que o medo arrebate as pessoas, ocupo o lugar dele. Depois que o temor vai embora, a alma pode alcançar o outro lado em paz.

Mia olhou Arthur nos olhos, e ele se perguntou o que ela via ali. Para ele, não passavam dos olhos castanhos sem graça de um homem simples. Mas o que os outros viam?

O padre esperou, certo de que sua presença era mais necessária ali do que na UTI que o convocara. Por mais um instante, ao menos.

Mia enfim respirou fundo e assentiu.

— Fico feliz por ter conhecido o senhor, padre.

— Eu também, Mia.

Ela estendeu o braço.

— Bom, então tudo bem se o senhor me acompanhar no meu primeiro dia de trabalho? Vou ficar na UTI, e aposto que é seu destino também.

Arthur sorriu e enlaçou o braço no dela.

— Acertou na mosca. Vamos.

No balcão curvo da ala de cuidados paliativos, Arthur entregou Mia para uma mulher alta de feições angulosas, com dentes demais e um olhar sombrio que perturbava o padre. Ackerman era a enfermeira-chefe da ala, e Arthur a conhecera na semana anterior, quando estivera ali para se apresentar. Havia se culpado por não ter gostado da mulher logo de cara — se bem que, para ser justo, duvidava que muitas pessoas gostassem. Fez uma prece silenciosa por Mia, e outra pela enfermeira Ackerman, e depois seguiu a mulher de costas rígidas e ossudas pelo corredor.

Conforme passavam pelas portas abertas, vez ou outra Arthur olhava de soslaio para os quartos. Alguns tinham um clima pesado e sombrio, e nesses o padre orava pelos pacientes e suas famílias. Outros pareciam buliçosos, até fervilhantes. Os pacientes naqueles quartos não precisavam da ajuda de Arthur — já compreendiam a verdade da jornada que tinham pela frente. Mesmo assim, o padre rezou por todos eles. Apoio nunca era demais.

A enfermeira Ackerman o conduziu porta após porta, seguindo tão fundo no corredor que ele cogitou a possibilidade de terem atravessado uma barreira invisível que levava a outro hospital. Quanto mais caminhavam, mais denso o ar parecia. E pior ficava o cheiro. Arthur estava acostumado aos odores de remédio amargo, urina pungente, excrementos fétidos e antissépticos acres, mas ali havia algo além, algo mordaz e ancestral.

— O paciente que o senhor vai visitar é um caso especial — informou a enfermeira Ackerman, quase o fazendo enfartar de susto.

Já era surpreendente que ela o tivesse acompanhado pelo corredor, e ainda mais inesperado que lhe dirigisse a palavra. Mal tinha conversado com ele na última visita, limitando-se apenas a informar o número de um quarto e explicar o caminho até lá. A voz da mulher era tão intensa quanto sua aparência, e chiava de um jeito perturbador que fazia os pelinhos da nuca de Arthur se arrepiarem. Todas as consoantes pareciam cuspidas, depois estocadas por uma língua bifurcada.

— Esse homem está na UTI há anos — continuou ela.

— Quantos? — questionou Arthur.

Os ombros da enfermeira Ackerman se ergueram num gesto de irritação.

— É irrelevante — retrucou ela.

— Ele ficou aqui esse tempo todo?

A enfermeira o ignorou.

— O governo enfim decidiu desligar os aparelhos.

— Por que fariam isso? E a família dele?

A enfermeira Ackerman se virou e empalou Arthur com um olhar fulminante.

— Ele não tem família! — quase berrou. O tom de voz sugeria que, de algum modo, aquilo era algo que Arthur deveria saber.

Sim, ele tinha pesquisado um pouco sobre o Hospital Héracles e conversado com alguns colegas, mas nunca ouvira falar de casos especiais.

A enfermeira esfregou a imensa verruga sob o olho esquerdo. Respirou fundo, deu as costas para Arthur e em seguida continuou caminhando.

O padre olhou por cima do ombro para garantir que ainda estava no Hospital Héracles e que conseguiria achar o caminho de volta até Ruby. Naquele momento, a bicicleta parecia inacreditavelmente distante.

— Como eu ia dizendo, o governo decidiu desligar os aparelhos — retomou a enfermeira, com o ar de alguém condenado a um longo sofrimento. — Ainda assim, ele não morreu.

— Um milagre.

Arthur fez uma breve oração de agradecimento.

— Jamais!

A palavra ecoou como um tiro, reverberando nas imaculadas paredes brancas e portas fechadas ao redor.

*Fechadas*. Arthur olhou para as portas de madeira antiga, amplas e escuras, com janelinhas de vidro fosco. Não havia nenhuma aberta naquela parte do corredor, e nenhuma delas indicava luzes acesas nos quartos. Por quê? O padre abriu a boca para perguntar, mas depois mudou de ideia e permaneceu em silêncio.

A enfermeira Ackerman parou diante de uma porta que parecia estranhamente mais escura do que as outras, mas a janelinha de vidro indicava que a luz de dentro estava acesa. Arthur ergueu o rosto para conferir as lâmpadas no teto — será que uma delas estava queimada? Antes que pudesse confirmar suas suspeitas, a enfermeira abriu a porta.

— Ele está aqui — anunciou, por mais desnecessário que fosse.

O padre espiou o número do quarto: 1280.

Assim que a porta se abriu, a origem do cheiro que ele sentira antes ficou óbvia. Vinha de fosse lá o que estivesse na cama do outro lado do cômodo. De perto, o odor era ainda mais pútrido e discernível. Parecia algo defumado, mas nada similar a qualquer coisa que Arthur já tivesse sentido. Lembrava carne queimada, plástico fundido e aço derretido ao mesmo tempo. Ele identificou ainda os cheiros perturbadores de carbono e enxofre. O que era aquilo?

O padre nem teve tempo de refletir, pois a enfermeira Ackerman deu um passo para o lado e apontou para a cama. Para Arthur, ela parecia uma daquelas mulheres dos programas de auditório, que gesticulavam de forma exagerada para indicar possíveis prêmios.

Deitado ali jazia o homem que Arthur viera visitar. O padre perdeu o fôlego e agarrou a maçaneta enquanto forçava as pernas a suportarem seu peso.

Não havia nenhum lugar no qual aquele paciente pudesse ser chamado de prêmio... exceto, talvez, no inferno.

Arthur tinha visto muitas coisas horríveis no seu tempo de sacerdócio. Fora chamado a cenas de acidentes de carro, quedas de avião e todo tipo de desastres naturais. Havia rezado diante de pessoas que haviam perdido membros, olhos ou grandes partes do corpo. Testemunhara tanta desfiguração e tantos horrores físicos que, até aquele momento, acreditava ter visto todas as desgraças a que o corpo humano poderia ser submetido. Mas aquilo...

Não era só a aparência do homem que o fazia perder o fôlego. Era também... o quê?

Não era o cheiro.

A incongruência? A impossibilidade?

O cérebro de Arthur implorou por oxigênio, e ele se lembrou de respirar. Enchendo o pulmão com ar rançoso e maculado pela decomposição, o padre enxugou as lágrimas que transbordaram de seus olhos de repente. Não era um choro de emoção; era só o corpo reagindo à confusa acidez no ar.

Arthur correu a língua pela boca, reunindo saliva suficiente para falar. Virou-se para a enfermeira Ackerman e notou que os olhos dela estavam semicerrados, o nariz mais franzido do que o usual.

— Qual é o nome dele? — perguntou Arthur.

— Não sabemos. Ele não tem familiares nem ficha médica.

— E as impressões digitais? — questionou o padre, e na mesma hora percebeu como a pergunta era idiota.

A enfermeira soltou um som estrangulado que ele supôs ser uma risada, depois respondeu:

— Coletaram uma amostra de DNA, mas não bateu com nenhum registro nas bases de dados existentes.

Arthur assentiu.

— Como pode ver, ele tem função cerebral — continuou a enfermeira Ackerman, apontando para um monitor de tela escura no qual uma série de linhas verdes ziguezagueavam. — Aquilo é um padrão de sono REM.

O padre encarou o equipamento. Só lhe restava acreditar na explicação, visto que aquelas linhas não significavam nada para ele.

— De acordo com o dr. Henner, especialista em sono do hospital, esse padrão específico de REM indica pesadelos... pesadelos horríveis.

O olhar de Arthur, antes focado no homem deitado, se voltou para a enfermeira Ackerman. Era só impressão ou ela dissera "pesadelos horríveis" num tom animado demais?

Dissera mesmo. Os lábios dela se curvaram nos cantos, como se quisesse sorrir.

Arthur franziu a testa, e ela ergueu uma das sobrancelhas.

O alto-falante posicionado logo acima da porta do quarto 1280 anunciou: "Enfermeira Ackerman, favor comparecer ao quarto 907."

—Vou deixar o senhor sozinho agora — avisou ela. — Mas já volto. Ainda temos muito a discutir.

Estavam discutindo algo? Arthur não tinha essa impressão. Tudo o que fazia era tentar aceitar o que seus sentidos lhe diziam. Também tentava se lembrar do seu treinamento, da sua humanidade e da sua decência.

Os passos da enfermeira Ackerman ecoaram pelo chão conforme se afastavam pelo corredor. Arthur não soltou a maçaneta.

Sabia o que tinha que fazer. Precisava entrar naquele quarto.

Mas ainda não.

Primeiro, tinha que garantir que o cérebro assimilasse os fatos reportados pelos seus olhos. Havia uma desconexão que precisava ser superada antes que ele fosse capaz de encarar a situação e tomar uma atitude, qualquer que fosse, em vez de choramingar feito bebê.

O homem... Será que era mesmo um? Será que dava para chamar aquilo de homem? Será que não estava mais para um cadáver? Bom, não. Alguns dos fatos não batiam com a designação de um cadáver — como o monitor indicando o sono REM, por exemplo.

Primeiro fato: o homem parecia ter sido carbonizado. O ser que jazia na cama do quarto 1280, fosse lá o que fosse, lembrava um humano apenas vagamente, só na forma. Tinha cabeça, torso, dois braços e duas pernas. A similaridade com a figura de uma pessoa parava ali.

Segundo fato: a carbonização tinha sido tão intensa, tão completa, que a única coisa que restava era, em suma, um esqueleto queimado. Quase. Na verdade, Arthur adoraria que fosse apenas isso. Se o sujeito não passasse de um amontoado de ossos humanos escurecidos, seria mais fácil de olhar, mas dava para ver os efeitos avassaladores do fogo por todo o corpo. Ele não tinha cabelo, mas tinha pele ou... Aquilo era mesmo pele? Arthur nunca vira nada similar à derme daquele homem. Era como se o fogo tivesse carcomido as camadas a ponto de a pele não passar de uma cobertura cinzenta, translúcida demais para ser confortável aos olhos. Arthur imaginava que o fogo removera toda a umidade daquele corpo, deixando a superfície coberta de rachaduras, como o leito de uma lagoa ressequida. Pelas fendas, Arthur tinha vislumbres indesejados de tecido não carbonizado.

Terceiro fato: os órgãos do homem funcionavam, ao menos os que o padre conseguia ver, e isso por si só já era mais repugnante do que qualquer coisa que ele já tivesse vivenciado. Pelas rachaduras da pele translúcida, dava para enxergar o coração ressecado e escurecido batendo. Os pulmões enrugados pelo calor expandindo e contraindo. Os rins tostados e uma bexiga tão carbonizada que parecia prestes a se desfazer.

Quarto fato: o homem não tinha rosto. Um buraco no crânio indicava onde o nariz costumava ficar. Cavidades escuras fitavam o nada, fazendo as vezes de olhos. Uma boca sem dentes jazia sempre aberta, sem lábios para protegê-la.

Quinto fato: o homem tinha cérebro. O padrão REM sugeria a presença de um, e infelizmente Arthur podia ver pedacinhos de massa cinzenta entre as frestas do crânio queimado.

Sexto fato: sangue fluía em suas veias. Pareciam vermes torrados que se estendiam sob os tecidos queimados, pulsando sob a pele e ao redor do esqueleto. Ao menos Arthur supunha que fossem veias, e as manchas de sangue nos lençóis pareciam confirmar a teoria.

E, por último, havia o sétimo fato — o mais perturbador de todos, o ápice de todos os demais. Arthur não conseguia enquadrar o que via na compreensão que tinha do mundo, do universo, do poder que governava tudo: aquele homem estava vivo, contrariando todas as possibilidades.

O *que* era aquela criatura?

O padre voltou à pergunta original. Aquele paciente era um homem? De fato, funções cerebrais indicavam que sim. Mas o que realmente determinava a humanidade e a vida?

*A alma.*

Será que aquele amálgama de resquícios humanos sangrentos e incinerados tinha alma?

Arthur decidiu que era hora de entrar no quarto. Afinal, cabia a ele descobrir a resposta.

Afastou os dedos da maçaneta e os esfregou para que voltassem à vida, depois avançou com um passo hesitante. Conseguia ouvir os próprios arquejos acima do som ritmado dos bipes do monitor e do zumbido baixo da improvável respiração do sujeito.

O padre se deteve e olhou ao redor, analisando o quarto pela primeira vez desde que a enfermeira Ackerman tinha aberto a porta. Não havia muito o que ver ali.

As paredes eram brancas, como em qualquer outra parte do Hospital Héracles. A cama do homem ficava no meio do cômodo, cercada de monitores. Ao lado dela, havia uma bolsa de acesso intravenoso com... o quê? Soro? Nutrientes? Será que aquele sujeito precisava daquele tipo de coisa? O acesso estava introduzido no rádio do homem — ou seria na ulna? Arthur não conseguia enxergar de longe. Mesmo não estando ligado a aparelhos, o paciente tinha eletrodos presos à cabeça e na altura do coração. Era surreal ver aquele tipo de equipamento ligado a algo que parecia pertencer ao necrotério. Havia até um oxímetro preso no osso do indicador. Como aquilo funcionava?

Ao lado da cama, perto de um carrinho vazio, havia uma cadeira plástica de espaldar alto para visitantes. Estava posicionada de forma que fosse possível ver o lado de fora, além da janela estreita que dava para o estacionamento do Hospital Héracles. Na parede oposta, um quadro branco havia sido pendurado; nos outros quartos, era ali que anotavam horários das medicações, mas aquele estava vazio. Ao lado do quadro, havia um negatoscópio para visualizar raios X.

Quando Arthur se aproximou da janela, viu a estradinha pela qual tinha pedalado com Ruby apenas vinte minutos antes.

Por que sentia que aquilo acontecera em outra realidade? Talvez em outra vida?

Parado à janela, Arthur de repente sentiu uma crueza gélida perfurar suas costas. A sensação foi tão poderosa que ele se virou, levando a mão desajeitadamente às costas na tentativa de esfregar a área. O que foi aquilo? Era como se algo tentasse alcançar sua alma.

— O senhor sentiu, né?

A enfermeira Ackerman tinha voltado.

— O quê? — perguntou Arthur.

— O senhor sabe.

Ele ignorou a enfermeira e se sentou na cadeira de plástico. Ainda não estava pronto para encarar o sujeito, então focou na mulher. As calças do uniforme dela eram curtas demais. Dava para ver as meias pretas, além de dois ou três centímetros de pele pálida na altura dos tornozelos.

— Seria imprudência não avisar — explicou ela.

— Imprudência de quem?

— Minha, da enfermeira Thomas e da enfermeira Colton. Trabalhamos na ala de cuidados paliativos há mais tempo, e sabemos o que ele... — Ela franziu o nariz. — O que *aquilo* é.

— E o que... e-ele é? — gaguejou Arthur.

— O mal, padre Blythe. O mal, puro e simples.

Arthur negou com a cabeça.

— Só porque ele tem essa aparência...

— Não tem a ver com isso — interrompeu a enfermeira, acenando para o ser repulsivo na cama.

— Tem a ver com o quê, então?

— Com o que está lá dentro.

— Dentro? Quer dizer os ossos? Os órgãos?

A enfermeira Ackerman agitou a mão, como se Arthur estivesse fazendo perguntas idiotas.

— E importa? Está *dentro* dele. — Ela balançou a cabeça e suspirou. — Sabia que o senhor não ia acreditar em mim.

Depois de abrir uma pasta que Arthur nem tinha visto nas mãos dela, a enfermeira avançou até o negatoscópio. Ali, prendeu três radiografias de um cérebro e apontou.

— Olha.

Arthur contornou a cama com cautela, como se o homem pudesse dar o bote a qualquer momento.

A enfermeira Ackerman apontou os exames com o queixo.

— Tá vendo? Ali. — Indicou um ponto da imagem. — E ali.

O padre se inclinou adiante. Não tinha ideia do que deveria ver.

— Sinto muito, mas você vai ter que explicar.

A enfermeira suspirou.

— São os cortes axial, coronal e sagital de uma radiografia. Dá para ver a mesma coisa em todos.

Arthur não via nada, então disse:

— Vou precisar que seja mais específica.

Outro suspiro.

— Nosso cérebro tem quatro lobos: frontal, parietal, occipital e temporal. — Indicou as regiões nas imagens. — A menos que o cérebro tenha sido lesionado por algo como um ferimento ou um AVC, os sinais nos quatro lobos são relativamente coerentes. Só que, por mais que esse homem não apresente sinais de tumores ou danos cerebrais, os sinais dos lobos dele não são coerentes.

Então apontou para os exames de novo.

Arthur se concentrou no corte sagital, que mostrava o perfil do cérebro do paciente. Ali, dava para ver o que pareciam ser duas cores ou texturas diferentes em cada área, para as quais ele apontou.

— É disso que você está falando?

A enfermeira Ackerman assentiu.

— Os médicos acham que *cada lobo* do homem tem dois sinais eletromagnéticos distintos. É uma coisa inédita.

— Como assim? — perguntou Arthur.

A mulher soltou uma risada amarga.

— Os médicos alegam que não sabem. Mas a gente sabe.

— A gente?

Ela revirou os olhos num claro sinal de que achava o padre burro.

— Eu e minhas colegas enfermeiras.

— O que vocês acham que é?

— Ninguém "acha". A gente *sabe*.

— O quê?

— A existência de dois sinais — ela bateu com o indicador em cada lobo — significa que há duas coisas vivas. Duas entidades. Ambas estão lutando pelo controle do cérebro; por isso, a diferença aparece em todos os lobos. Mas elas estão em confronto. Achamos que estão atormentando uma à outra.

Arthur não tinha ideia do que dizer, então soltou a primeira coisa que lhe veio à cabeça.

— Cadê o mal nisso?

A enfermeira Ackerman ergueu as mãos para o céu, depois apontou para as tomografias.

— Ali! Como um cérebro pode ter sinais concorrentes? É o parque de diversões do mal.

Arthur pensou que a enfermeira Ackerman talvez devesse visitar uma ala diferente do hospital — a psiquiátrica. Mas, não, dizer aquilo não seria nada gentil. Precisava ter mais empatia pela mulher. Qualquer pessoa responsável por cuidar daquele homem tinha o direito de acreditar em uma ou outra teoria maluca. Ao menos ela e as outras enfermeiras *tinham* uma teoria. Arthur não tinha nada.

Nada além da fé.

— Toda pessoa tem o bem dentro de si — afirmou o padre.

— Aquilo não é uma pessoa!

— Certo. Toda criatura viva tem o bem dentro de si.

A enfermeira Ackerman estendeu a mão e em seguida recolheu as radiografias.

— Eu sabia que o senhor não ia me dar ouvidos.

Arthur se virou e olhou para a... *pessoa* na cama.

— É meu trabalho enxergar o bem.

A enfermeira apenas meneou a cabeça e saiu do quarto.


Mia puxou uma frágil cadeira de plástico bege de uma das mesas redondas na salinha de café dos funcionários. O espaço era equipado com frigobar, micro-ondas, uma bancada e meia dúzia de mesas com cadeiras; cheirava a molho barbecue e queijo embolorado. Se ela não estivesse com tanta fome, o fedor teria arruinado seu apetite. Mas estava tão esfomeada que seria capaz de almoçar mesmo que estivesse no meio do esgoto.

Abriu a bolsinha com a marmita e tirou o sanduíche de peito de peru que o namorado havia preparado naquela manhã. Ele era tão fofo! Depois colocou o livrinho de suspense sobre a mesa e abriu uma lata de refrigerante. Deu uma mordida no sanduíche e tomou um gole do refri, lendo os cartazes com a lista de normas de conduta do hospital. Não era algo que a fazia se sentir muito bem-vinda, muito menos confiante sobre a decisão de ter aceitado aquela vaga.

Era um trampolim para oportunidades melhores, certo? Ao menos fora o que o namorado dissera. "É só você não arranjar treta e fazer um bom trabalho que logo, logo vai subir na carreira", aconselhara ele.

Mia deu outra mordida no sanduíche e mastigou, apreciando o sabor.

Foi quando sua nova chefe, a enfermeira Ackerman, entrou acompanhada de duas outras enfermeiras bambambãs da ala de cuidados paliativos. Mia baixou a cabeça na hora e fingiu estar lendo.

— Há quando tempo ele está lá? — questionou a enfermeira Thomas, afundando numa cadeira na mesa atrás de Mia.

Dali, dava para sentir o forte perfume de lavanda da mulher.

— O padre Blythe? — perguntou a enfermeira Ackerman.
— Desde o início da manhã. Baita idiota.

Os pés de duas cadeiras rasparam o chão, e Mia soube que as outras colegas também haviam se sentado. A enfermeira Colton estava bem atrás de Mia, que já notara mais de uma vez que a mulher precisava caprichar no desodorante.

Mia já tinha planejado entreouvir tudo o que as enfermeiras dissessem, mas quando ouviu o nome do padre Blythe e "idiota" na mesma frase, aguçou ainda mais a audição. Era o homem extremamente bondoso que a acompanhara até ali naquele primeiro dia de trabalho. Ele tinha sido sensível e paciente. Fofinho, também — não como um possível namorado, e sim como só velhinhos gente boa eram capazes de ser. Baixo e magro, com cabelo cacheado grisalho e olhos castanhos gentis, o padre Blythe parecia o avô que Mia gostaria de ter. Simpatizara com o homem de imediato, e ficou irritada por ouvir alguém se referir a ele daquele jeito.

Idiota era a enfermeira Ackerman.

Mia aprendera logo no começo da faculdade de enfermagem que nem todas as enfermeiras eram legais. Algumas eram tão desagradáveis que ela se perguntava por que tinham decidido estudar justo enfermagem. Mas Ackerman era a pior que ela conhecera até então. Era uma escrota, sem tirar nem pôr. Nunca sorria e andava pelos corredores disparando ordens, então Mia logo entendeu que não podia esperar nada da nova chefe além de críticas e julgamentos. E que maluquice era aquela de se chamar pelo sobrenome?

"Usamos sobrenome nesta ala, enfermeira Fremont", respondera a enfermeira Ackerman quando Mia se apresentara com um amigável "Oi, meu nome é Mia".

Beleza. Mia não estava ali para fazer amizade.

Havia também a enfermeira Thomas. Até que ela era legal — não que ali fosse muito difícil de se destacar. Mia se perguntava como a enfermeira Thomas conseguia manter o emprego. Rechonchuda e fofinha, com cabelo cacheado já ficando grisalho, ela parecia alguém que deveria estar em casa assando biscoitos. Chamava todo mundo de "meu amor" e adorava dar tapinhas nas costas das pessoas, mas era do tipo que perderia a cabeça se não estivesse grudada no pescoço. Só naquela manhã, Mia tinha passado quase metade do turno encontrando coisas que a enfermeira Thomas havia perdido.

Até aquele momento, a enfermeira Colton era a única colega que lhe parecera relativamente normal. Devia ter uns quarenta e poucos anos, com um porte atlético e cabelo castanho bem curtinho, a pele bronzeada e bonita. Era simpática, mas séria demais, como se estivesse sempre preocupada.

Mia pegou o sanduíche para dar outra mordida.

— O que você falou para ele? — quis saber a enfermeira Colton, dirigindo-se à enfermeira Ackerman.

— O que a gente sabe. Que o sujeito carrega o mal dentro de si.

Mia segurou o sanduíche diante do rosto. *O mal?*

— O padre não quis enxergar, é claro — continuou a enfermeira Ackerman.

— Bom, mas a gente sabe a verdade, não é, meus amores? — falou a enfermeira Thomas. — Mal consigo pensar naquela coisa sem sentir vontade de vomitar de tanto medo.

— É, a gente sabe a verdade — confirmou Colton.

Ackerman se levantou e pegou cenourinhas da geladeira.

*Não é à toa que ela é tão magrela*, pensou Mia.

— Ele é idealista — comentou a chefe do departamento.

— Eu também — disse a enfermeira Thomas. — Mas não dá para ignorar algo assim tão escancarado.

Mia mordeu o sanduíche, desejando ser invisível.

— Ele é novo aqui — ponderou a enfermeira Colton. — Logo vai entender.

— Não sei, não... Ele é determinado — afirmou Ackerman.

— Só o tempo vai dizer — concluiu a enfermeira Thomas. — É sempre assim.

As mulheres papearam mais um pouco sobre outros pacientes que Mia já tinha conhecido. Ela se pegou pensando no homem com o mal dentro de si. Será que era um paciente? Devia ser, se o padre Blythe estava visitando o sujeito. Ou talvez o padre estivesse ali para ver outra pessoa. Mia ficou ouvindo, porém, ninguém mais tocou no assunto. Será que ela precisava encontrar o padre e o alertar? Mas sobre o quê? Pelo jeito, ele já tinha recebido o alerta e decidido ignorá-lo.

Fazia mais de três horas que Arthur estava sentado naquela cadeira. Não fizera nada de muito útil durante esse tempo, apenas se acostumara ao paciente a ponto de olhar para ele sem quase vomitar o café da manhã.

A mudança o fazia se sentir melhor, mas no fundo não havia muito mérito: Arthur sabia que já estava de estômago vazio, então não tinha o que vomitar.

E ele não tinha nada com o que ficar feliz. Nem conseguira se aproximar da cama. Ainda morria de nojo — não só do homem, mas também dos lençóis ensanguentados nos quais repousava, e de fosse lá que substância vazava dos tubos que serpenteavam por baixo do corpo, presos a só Deus sabia onde. Os tubos seguiam para além da cama, conectados a bolsas penduradas na cabeceira. Arthur conseguia ouvir a urina pingando em sacos plásticos que, infelizmente, eram transparentes. Nem ousou olhar muito.

Desde a partida da enfermeira Ackerman, o padre não tinha dito uma só palavra em voz alta. Havia apenas encarado o paciente e rezado.

Mas enfim decidiu tomar uma atitude. E se o homem quisesse se comunicar?

Arthur não tinha ideia de como, ou se sequer era *possível*, mas precisava dar uma chance ao sujeito. E não era sentado ali, a um metro e meio da cama, que faria isso.

O padre respirou fundo e arrastou a cadeira um pouquinho mais para perto.

— Uau, quanta coragem — murmurou sozinho, dando uma risadinha.

Um dos monitores soltou um bipe incomum — ou melhor, um bipe normal num momento inesperado. Em suas três horas ali, Arthur assimilara o ritmo do monitor; naquele instante, algo havia mudado. Será que era porque o padre tinha falado?

Respirando rápido pela boca (pois quanto mais perto chegava do homem, pior era o cheiro), Arthur puxou a cadeira até a lateral da cama. Os pés rangeram ao serem arrastados pelo chão, mas o monitor não reagiu ao som.

Arthur chegou a menos de meio metro do leito, pouco além do alcance do paciente. Sabia que não era um gesto amigável ou cuidadoso da parte dele, mas não estava pronto para arriscar tocar ou ser tocado pelo homem.

Nas três horas em que passara ali, o padre tinha se dado conta de que parte dele — uma bem traidora — acreditava no que a enfermeira Ackerman dissera. Será que algum tipo de mal mantinha o homem vivo?

O mero pensamento era perturbador. Como um padre podia acreditar que o mal exercia mais poder sobre o corpo do que o bem? E se o homem ainda resistisse graças a uma força benevolente? Não seria mais crível? Claro que sim, disse a si mesmo.

Era a energia divina que criava mundos. Será que tal energia era capaz de sustentar a vida mesmo além do esperado? Certamente era. No entanto, argumentou o lado lógico de Arthur, a energia divina não era o único tipo de energia que existia no mundo.

— Pode parar com isso — repreendeu a si mesmo.

E os monitores emitiram novos bipes descompassados.

— Está me ouvindo? — perguntou Arthur.

Puxou a cadeira para mais perto, mesmo morrendo de medo.

Os bipes soaram de forma incerta. O homem na cama não se moveu.

Arthur se inclinou mais.

— Eu sou o padre Blythe. Não, esquece... Meu nome é Arthur. Há alguma coisa que eu possa fazer por você? Quero ajudar.

Os monitores apitaram erraticamente por vários segundos.

Arthur fez uma oração silenciosa, pedindo força. *Tira de mim as noções habituais do que é bom ou mau, do que é ou não possível. Deixe-me ver além do que meus sentidos indicam. Dai-me forças para enxergar este homem como o ser de amor que sei que ele é e me ajude a interagir com ele desse modo.*

O padre ficou sentado, imóvel, e respirou fundo várias vezes antes de estender a mão para segurar os dedos chamuscados do paciente. Precisou de cada resquício de coragem para não se encolher ao sentir as falanges ressecadas e duras. A sensação era de estar de mãos dadas com um galho de árvore que acabara de passar por um incêndio. Não, mentira: era pior, bem pior. Porque, além do toque rígido dos dedos, ele podia sentir a pulsação fraca das veias sob a pele fina.

*Dai-me forças*, orou Arthur de novo.

Mas Deus já havia atendido sua prece — só assim para ele não ter soltado um berro quando os ossos e as veias que ele tocava *se moveram*.

Ainda assim, Arthur soltou a mão. Ele era humano, afinal de contas.

Era por educação ou por medo de qualquer que fosse a entidade responsável por mover os dedos?

Entidade? Que história era aquela? Não havia entidade alguma. Era só um homem em uma condição terrível. Não um inimigo a ser derrotado. Aquilo... *Ele* era um ser humano, digno de amor.

— Você é amado — declarou Arthur. Podia sentir a verdade nas palavras... não podia?

Na verdade, não tinha muita certeza. Geralmente um lampejo de calor e leveza se espalhava pelo padre ao dizer aquelas palavras. Mas ali? Nada.

O homem, no entanto, sentiu algo. Devia ter sentido, porque começou a mexer o indicador.

No início, Arthur achou que os movimentos eram aleatórios, reflexos causados por nervos disparando a esmo. Depois, porém, se deu conta de que os gestos eram intencionais.

— Consegue fazer isso de novo? — perguntou.

O padre nem se permitiu pensar se o homem podia ou não escutar. Ele não tinha orelhas, afinal, e Arthur não queria olhar para o tecido mutilado da lateral do crânio do homem para ver se ainda havia sinal dos tímpanos e de outras partes do ouvido responsáveis por transformar a vibração em som.

Ao que parecia, o homem podia ouvir, porque o dedo repetiu o gesto. Arthur observou com atenção.

— É uma letra F! — exclamou o padre, empolgado, quando percebeu que o dedo acabara de traçar a letra no ar.

Depois, a mão do paciente se deteve. Arthur encarou aquilo como uma confirmação.

— Só um segundo.

Tirou da bolsa um bloquinho de papel e um lápis. Abriu na primeira página e escreveu: "F".

— Certo, pode continuar.

Será que o dedo se moveria de novo?

Sim!

Daquela vez, traçou um "A" no ar.

— Por tudo o que há de mais sagrado, o que o senhor está fazendo? — berrou a enfermeira Ackerman da porta.

Arthur levou um susto e o lápis escorregou dos seus dedos. Quando se inclinou para pegar, bateu com a cabeça na armação da cama. Também inalou o cheiro do fluido indeterminado que manchava os lençóis. O fedor parecia uma mistura de bile e vômito, e Arthur sentiu náuseas. Ficou de pé e se afastou da cama, encarando a enfermeira enquanto tentava não vomitar.

— Ele está se comunicando! — anunciou o padre.

A enfermeira Ackerman entrou no quarto.

— Isso eu vi! — exclamou. — E de onde o senhor tirou que essa é uma boa ideia?

— Já é alguma coisa! É progresso. E progredir é sempre bom.

— Se acha isso mesmo, é mais burro do que parece.

Arthur escolheu ignorar o comentário.

— O senhor ao menos sabe o que ele está dizendo? — perguntou a enfermeira Ackerman. — Até onde sei, pode estar amaldiçoando você.

Amaldiçoando? Arthur manteve a expressão neutra.

Mas até que aquilo fazia sentido. O que o homem estava tentando falar, afinal? Será que o padre conseguiria mesmo entender?

— Bom, vamos descobrir — determinou Arthur.

— A gente devia ter chamado outro padre — disparou a enfermeira Ackerman.

— Só ignore — falou Arthur para o homem na cama. Voltou a se acomodar na cadeira e pousou o lápis sobre o bloquinho. — Qual é a próxima letra?

O dedo se moveu de novo. A enfermeira Ackerman ofegou e começou a murmurar baixinho.

Arthur escreveu: "Z".

Faz?

— Certo — disse. — Vamos continuar.

Arthur já tinha escrito "Fazbentrece" quando a enfermeira Ackerman voltou ao quarto. Daquela vez, não vinha sozinha: estava acompanhada por outras duas funcionárias.

Ambas usavam o mesmo uniforme azul-escuro e ostentavam a mesma expressão de queixo caído e olhos arregalados. As mulheres pareciam nitidamente chocadas com o que o paciente estava fazendo. Uma delas, rechonchuda com aparência de vó, cobriu a boca com a mão. A outra, com pele bronzeada e jeitão de quem passava os fins de semana fazendo trilha, pousou as mãos nos quadris e fulminou Arthur com o olhar.

O padre torceu para que ela não quisesse sair na porrada, porque seria capaz de fazer picadinho dele sem muito esforço.

Como nenhuma delas abriu o bico, Arthur continuou.

Uma letra por vez, o homem soletrou no ar o que queria dizer. Quando terminou, o dedo não dava sinal de que voltaria a se mover, e Arthur tinha uma série de letras incompreensíveis anotadas no bloquinho: FAZBENTERCENTRODIS.

FAZBENTERCENTRODIS? O que aquilo significava?

Ele franziu as sobrancelhas, separando os caracteres de várias formas diferentes para tentar formar palavras. Tentou diversas combinações:

FAZBEN TERCEN TRODIS

FAZ BENTER CENTRODIS

FAZBEN TER CENTRO DIS

FAZ BENTER CENTRO DIS

— Acho que pelo menos o "centro" está certo — murmurou. — Mas e as outras partes?

Então se pôs a bater o lápis no bloquinho.

Espera. E se ele tivesse perdido alguma letra? Era difícil interpretar os movimentos do dedo ossudo.

— Tá, e se...

Arthur desembaralhou mais algumas letras, enfim se decidindo por: FAZB ENTER CENTRO DIS.

O padre refletiu sobre o "CENTRO DIS" — já tinha visto aquela abreviação em algumas instituições de caridade com as quais trabalhava.

— Centro de distribuição! — exclamou. Só podia ser.

Mas e o FAZB ENTER?

— Preciso de uma lista telefônica — disse para as enfermeiras, que continuavam ao pé da cama assistindo a tudo como se fosse um reality show. — Preciso ver se acho algo parecido com FAZB ENTER.

— Fazbear Entertainment — sussurrou a mulher com cara de vó.

— O quê? — perguntou Arthur.

— Calada, enfermeira Thomas — chiou alto a enfermeira Ackerman.

A mulher cobriu a boca com a mão rechonchuda, mas era tarde demais. Arthur entendeu o que ela tinha dito.

— Ele está falando do Centro de Distribuição da Fazbear Entertainment! — exclamou, animado. — Que maravilha!

Depois se virou a fim de olhar para as enfermeiras. Estavam todas muito pálidas, até mesmo a de pele bronzeada, e pareciam apavoradas enquanto encaravam Arthur e o paciente.

— Incrível! — exclamou o padre. — Ele já tinha feito algo parecido antes?

— De jeito nenhum! — A enfermeira Ackerman negou com a cabeça. — O senhor não entende o tamanho das forças com que está se metendo.

— Forças?

Ele decidiu que estava farto das enfermeiras. Voltou a olhar para o sujeito.

—Vamos ver... Como pode me explicar o que esse lugar significa para você?

Arthur pensou por um segundo. Cogitou pedir que o paciente escrevesse no ar os motivos de ter mencionado aquele nome, mas aquilo demoraria horas, e talvez o homem nem tivesse forças para tal. Considerando que deveria estar morto havia muito tempo, comunicações longas não pareciam uma boa ideia.

E, por mais empolgado que estivesse, Arthur realmente precisava sair dali. O cheiro de enxofre parecia mais forte a cada segundo, e a essa altura havia também um fedor de fezes vindo da cama. Os intestinos do homem funcionavam, então? O padre ainda nem tinha parado para pensar naquilo, e não pretendia começar.

— Tenho uma ideia — disse ele, aliviado por de fato ter pensado em algo.

Podia ouvir as enfermeiras sussurrando no corredor, mas apenas as ignorou.

— Por que não tento chutar por que o lugar é importante para você? Quando eu falar a resposta certa, é só erguer o dedo ou reagir para que o monitor cardíaco detecte o sinal.

Os monitores soaram outra vez, e Arthur encarou aquilo como uma concordância. Ele logo começou com os palpites:

— Você costumava trabalhar lá.

Nada.

— É onde seus familiares estão.

Não.

— Tem coisas pendentes a resolver ali.

Nenhuma reação.

— Você escondeu algo no lugar.

Aquele palpite arrancou um sorriso de Arthur. Era fato consumado que ele amava livros e filmes de suspense e aventura.

O padre notou que as enfermeiras haviam adentrado mais o quarto. Formaram um semicírculo, a alguns passos da extremidade da cama. Arthur se perguntou por que continuavam ali. Já que achavam o paciente tão repugnante, por que simplesmente não iam embora?

— Então foi o último lugar em que você esteve antes de se machucar.

Nadinha. Sem movimentos, sem reação nos monitores.

— Então precisa de alguma coisa de lá.

Neca de pitibiribas.

—Você sempre quis conhecer o tal do centro de distribuição.

Os monitores apitaram de forma tão imperceptível que Arthur achou que era de fato coisa da sua cabeça. Mas... e se não fosse?

— É um lugar que você sempre quis visitar? — insistiu ele.

Os monitores reagiram.

— Ele não pode sair daqui, meu amor — avisou a enfermeira mais rechonchuda. — Só pode ir... bem, para um lugar que não fica na Terra.

Arthur ficou de pé e foi até as enfermeiras.

— Está falando do inferno? — sussurrou.

A enfermeira Ackerman assentiu uma única vez.

A outra, de pele bronzeada, acrescentou:

— Dã... Óbvio.

De repente, os monitores do quarto soaram sem parar. Os bipes eram emitidos numa velocidade tão alta que se misturaram até virar um único guincho longo.

Arthur se virou para o homem. A ficha caiu.

—Você quer ir até lá antes de morrer.

Os equipamentos se calaram. Completo silêncio.

Por cinco segundos, o único som no cômodo era a respiração de Arthur, das enfermeiras e do homem.

E, em seguida, os apitos retornaram a um ritmo normal.

Arthur se virou para as enfermeiras.

— Ele quer ir até o Centro de Distribuição da Fazbear Entertainment antes de falecer.

— De jeito nenhum — decretou a enfermeira Ackerman.

Arthur estava sentado numa poltrona para visitantes, diante de uma mesa atulhada que pertencia ao assistente do assistente do administrador do Hospital Héracles. A julgar pela idade, o homem (ou seria garoto?) parecia estar ainda mais embaixo na hierarquia de pessoas responsáveis por tomar as decisões. Mas não tinha problema: Arthur sabia como subir escadas burocráticas.

— Não entendi muito bem o que o senhor deseja — falou o assistente do assistente.

Seu nome era Peter Fredericks. "Pode me chamar de Pete", dissera ele a Arthur.

A mesa de Pete ficava numa baia de canto, num cômodo cheio delas e bem afastado do escritório do administrador do Hospital Héracles. Boa parte dos funcionários ali estava falando ao telefone. Os que não estavam digitavam em teclados; conversas pela metade e estalidos de teclas ecoavam por todo canto.

Arthur tentou ignorar os sons, concentrando a atenção em Pete.

— Como falei, Pete, quero saber se no arquivo do homem no quarto 1280 tem alguma coisa que explique por que ele talvez queira ir ao Centro de Distribuição da Fazbear Entertainment antes de morrer.

— Sim, isso eu entendi.

Pete coçou a meia dúzia de pelos que tinha no queixo. Parecia uma tentativa frustrada de deixar crescer um cavanhaque, provavelmente para esconder a acne.

— O que não entendi é por que o senhor quer saber isso — completou ele, numa voz que ainda não alcançara o timbre grave de um adulto.

— Porque talvez me ajude a tornar esse desejo realidade.

— O homem no quarto 1280 não pode sair de lá.

Quando disse "homem no quarto 1280", Pete olhou para a mesa e mordiscou as cutículas com grande concentração.

— Foi o que me disseram, mas nada é impossível — respondeu Arthur.

— Bom, ele sair do quarto... é impossível, sim.

O padre apoiou as mãos no assento macio onde estava sentado e, com muito esforço, inclinou o corpo para a frente.

— Pete, a mera existência do homem no quarto 1280 não é prova suficiente de que nada é impossível? Se ele pode estar ali, ainda respirando, ainda capaz de expressar um desejo, será que não é mesmo possível ajudar o sujeito a realizar esse desejo? Pensa direitinho, Pete.

O assistente do assistente fitou Arthur. Estava pálido, tão branco quanto as paredes da baia minúscula. Obviamente estava pensando no homem do quarto 1280... contra a própria vontade. Baixou o olhar outra vez, tamborilando os dedos na pasta fina diante de si. Havia uma caixa aberta de comida chinesa apoiada numa pilha de pastas mais grossas, prestes a tombar e sujar tudo. Pelo cheiro, Arthur chutaria que era frango agridoce.

— Bom, não tem nada aqui. Nada sobre... bom, nada sobre a Fazbear.

— Entendi — respondeu Arthur. Lutou contra a poltrona por mais alguns segundos até enfim conseguir se levantar. — Bom, nesse caso preciso falar com alguém que possa me dar permissão para levar o sujeito até o Centro de Distribuição da Fazbear Entertainment. Imagino que esse "alguém" não seja você.

Pete ficou de pé, derrubando a pilha de pastas e, por consequência, a embalagem de comida chinesa. Na mosca: era frango agridoce.

O garoto ignorou a sujeirada sobre a mesa e correu para alcançar Arthur enquanto ele se virava para sair. Puxando a manga da batina do padre, disse:

— Ninguém vai dar permissão para o senhor.

— Isso nós vamos ver — respondeu Arthur.

O padre saiu do hospital e se abrigou sob o pórtico. Ficou olhando a neblina soprada por uma brisa constante que vinha do sul. Ele e Ruby chegariam em casa encharcados. Sem o menor ânimo para começar a úmida e gélida viagem, Arthur analisou o céu preto pintalgado de prateado. Não havia raios de sol à vista. O crepúsculo pairava no horizonte.

Arthur respirou fundo, inalando o ar com cheirinho de chuva. Precisaria de um ano de ar puro para limpar o sistema olfativo dos tormentos que havia encarado naquele dia. Era indelicado pensar assim do fedor do homem no quarto 1280, mas Arthur não podia evitar. Depois de mais de sete horas ao lado do sujeito, tinha a impressão de que o cheiro estava impregnado em seu nariz.

A enfermeira Ackerman tentara convencer o padre a ir embora logo depois da sessão de comunicação com o paciente, mas não conseguira. Arthur havia passado as três horas seguintes sentado com ele, orando e pedindo ajuda. Precisava saber se estava ajudando apenas uma alma torturada ou... algo mais.

Não chegou a receber uma resposta clara; assim, na ausência de provas definitivas do contrário, escolheu pensar positivo: aquela era uma pessoa que precisava da sua ajuda.

— Oi, padre. Digo, padre Blythe.

— Mia! — exclamou ele, sorrindo ao se virar. — Como foi seu primeiro dia no emprego novo?

Mas Arthur nem precisou ouvir a resposta. Bastava uma olhada na garota para adivinhar. O rabo de cavalo estava baixo, e dezenas de fios soltos esvoaçavam ao redor do seu rosto. Ela os soprava sem parar para longe do nariz. Estava com o rímel borrado e o uniforme manchado de preto.

— Foi de boas, acho. Bom, não exatamente de boas. Quando eu fazia essa pergunta, meu pai sempre respondia: "Bom, Minhamia..." Era assim que ele me chamava, tudo junto, como se fosse meu nome. Enfim, ele dizia: "Bom, Minhamia, foi um dia qualquer." Então acho que tive um dia qualquer. É isso.

Arthur assentiu.

— Às vezes, a gente tem que se conformar com um dia qualquer mesmo.

Mia inclinou a cabeça para o lado e analisou o padre.

— Pelo jeito o senhor também teve um dia qualquer... acertei?

Ele assentiu outra vez.

— Na mosca.

Um grupo de homens escandalosos com uniforme de futebol chegou ao pórtico. Estavam todos sujos de grama e barro, e pareciam estar celebrando uma vitória enquanto corriam para a entrada do hospital. Um dos jogadores devia ter se machucado, imaginou o padre.

Mia se aproximou de Arthur quando um dos rapazes assobiou para ela. O padre a puxou de volta para perto da moita amigável de hortênsias onde tinham conversado naquela manhã.

Manhã.

Era difícil acreditar que tinha passado o dia inteiro no Héracles. Peggy ficaria furiosa. Por telefone, ele tinha pedido que ela remarcasse todos os seus outros compromissos do dia. Agora, precisaria pedir que remarcasse as remarcações.

— O senhor passou o dia inteiro aqui? — perguntou Mia.

— Eu estava pensando nisso agora mesmo. Passei, acredita? Não era meu plano, mas...

— Já ouvi dizer que quando o homem faz planos, Deus acha graça. — Ela deu uma risadinha, depois cobriu a boca. — Ai, espero que falar esse ditado não seja heresia ou algo assim...

Arthur gargalhou.

— Não, de jeito nenhum.

Ficaram ali em silêncio, observando os carros que chegavam e saíam pelo pórtico. Ambos tossiram quando um caminhão com motor a diesel passou cuspindo fumaça ali perto.

O estômago de Arthur roncou, e ele se deu conta de que só tinha comido uma barrinha de proteína desde que saíra da casa paroquial pela manhã. Mia estava com cara de quem queria dizer algo, então ele aguardou. Além do mais, estava adorando a novidade de olhar para uma humana adorável.

— Padre Blythe?

— Diga, Mia.

— Posso perguntar uma coisa?

— Claro.

Ela olhou ao redor, depois chegou mais perto. Seu cabelo cheirava a amônia, mas o hálito tinha aroma de hortelã.

— O senhor acredita no mal, padre?

Arthur arqueou uma sobrancelha.

— Acredito.

— Acha que há algum mal... aqui?

Mia apontou o hospital com a cabeça.

O padre franziu a testa. Acreditava que o mal estava em todos os lugares, assim como o bem. A eterna batalha se desenrolava todos os dias, em todo o planeta.

— Por que a pergunta?

Mia torceu o nariz e contraiu os lábios.

— Posso fazer outra pergunta?

Ele assentiu.

— O senhor passou o dia com algum paciente de cuidados paliativos?

A expressão de Arthur ficou ainda mais franzida. Aonde ela queria chegar?

Bom, dizer que tinha ficado naquela ala não revelaria nada confidencial.

— Passei. Por quê?

Mia arregalou os olhos. Arthur quase ouviu o cérebro dela trocando de marcha.

— As enfermeiras de lá são meio… não sei. Digo, não eu, mas ainda não me considero parte da equipe. São as outras, sabe? As enfermeiras Ackerman, Colton e Thomas.

— Ah.

— Então, é que…

No mesmo instante, um carro esportivo vermelho entrou a toda velocidade na via sob o pórtico, buzinando. O rosto de Mia se iluminou.

— É meu namorado! — Ela soprou um beijinho para o rapaz bonitão ao volante, depois se virou para Arthur. — Foi mal, mas preciso ir.

— Claro.

Quando Mia deu um passo na direção do veículo vermelho, no entanto, o padre a chamou:

— Mia?

Ela se virou.

— Algumas pessoas têm a mente fechada. Sempre mantenha a sua aberta.

A enfermeira olhou para ele, a expressão mais solene do que nunca.

— Vou manter — prometeu ela. — Tchau, padre Blythe.

— Tchau, Mia.

Arthur viu o carro esportivo se afastar e pensou no homem do quarto 1280. Depois de sua tentativa frustrada de conseguir respostas na administração do hospital e da reação de Pete, estava claro que jamais descobriria por que o paciente queria ir ao Centro de Distribuição da Fazbear Entertainment. Mas enfim, aquilo não dizia respeito a Arthur. Seu trabalho era tão somente garantir que o homem chegasse aonde queria.

Mas claro que era mais fácil falar do que fazer. Pete e a enfermeira Ackerman não eram os únicos no Hospital Héracles que achavam que uma viagem como aquela era impossível. O padre tinha uma longa batalha pela frente. Só esperava estar do lado certo da contenda.

O segundo dia no emprego novo de Mia começou esquisito.

Incapaz de encontrar as colegas quando chegou ao balcão da enfermaria, ela apenas deu de ombros e passou de quarto em quarto para ver como os pacientes estavam.

A moça não gostava muito de atender pacientes de cuidados paliativos porque sentia muita compaixão pelas famílias. Sabia que elas costumavam sofrer mais do que os próprios pacientes. Ainda assim, era satisfatório quando fazia o trabalho do jeito certo. E, a bem da verdade, não teria ficado tão incomodada com o serviço novo se não fossem as outras enfermeiras... e aquela outra coisa...

Mia balançou a cabeça e avançou a passos rápidos pelo corredor. Entrando e saindo dos quartos, conferiu acessos, ajustou travesseiros, encheu garrafas d'água e esvaziou bolsas de coleta de urina. Quando chegou ao último quarto de sua ronda, o de número 1200, a enfermeira se perguntou o porquê de o resto das portas do corredor estranhamente longo estarem fechadas.

Ela se demorou um pouco ali, do lado de fora do último quarto aberto. Havia um depósito à sua frente, a porta levemente entreaberta. De repente, Mia viu uma sombra passar pela fresta.

Respirando fundo, ela atravessou o corredor pé ante pé, tomando cuidado para que as solas de borracha não guinchassem no piso. Hesitou diante do depósito. Estava prestes a abrir a porta e investigar o que havia ali, mas de repente ouviu vozes.

Soube logo de cara que eram as colegas enfermeiras. Mia estava a ponto de entrar e perguntar o que estava acontecendo quando ouviu a palavra "matar".

Ficou tão imóvel e quieta quanto o chão no qual pisava. Deu um passo furtivo mais para perto da parede e posicionou o ouvido rente à fresta que havia entre a porta e o batente, ao lado das dobradiças.

— Acho que a gente precisa dar um jeito — disse a enfermeira Thomas.

— Alguém tem que tomar uma atitude — concordou a enfermeira Colton. — Por mim, tudo bem. Não é assassinato, já que nem humana aquela coisa é.

— É extermínio, apenas — comentou a enfermeira Ackerman. — Vamos apenas livrar o hospital de uma praga.

— Ah, acho que não para por aí — falou a enfermeira Thomas. — Não concordam? Matar ratos e baratas é bom, claro. Mas livrar o mundo do mal? É muito mais do que uma dedetização qualquer. É um chamado. Bom, é, como dizer...? Heroico!

A voz da enfermeira Thomas demonstrou um novo nível de presunção.

*Heroico?* Os dedos de Mia coçaram. A vontade dela era escancarar a porta e perguntar do que aquelas esquisitonas estavam falando.

— Bom, concordo com vocês — disse a enfermeira Ackerman. — Os outros não veem as coisas assim, porém. Tecnicamente, ele é um dos nossos pacientes.

Elas pretendiam *matar* um paciente?

Mia olhou ao redor. O que devia fazer?

— Não ganho o suficiente para chamar aquela... coisa... de paciente — comentou a enfermeira Colton. — Estou pouco me lixando para a opinião dos outros. Eu sei o que é certo: acabar com o mal.

A mulher devia estar perto da porta, porque seu cheiro de suor quase se sobrepunha aos odores de água sanitária e cera de polimento que exalavam do depósito. Mia esperava não feder daquele jeito. Pegou a ponta do rabo de cavalo e cheirou, mas só sentiu um aroma fraco de condicionador.

— Com certeza — continuou a enfermeira Thomas.

Mia soltou o rabo de cavalo e voltou a prestar atenção.

— Então estamos de acordo — concluiu Ackerman.

As mulheres provavelmente assentiram, porque ficaram em silêncio por um tempo.

— Vou cuidar disso. Sou a enfermeira-chefe. É minha responsabilidade — declarou a enfermeira Ackerman.

— Vamos ajudar no que for necessário — ofereceu a enfermeira Colton.

— Vou precisar de morfina — disse a chefe.

— Posso me livrar das provas sem problemas — falou a enfermeira Colton.

— A gente pode ir pegando de outros pacientes, um pouquinho aqui e outro ali — sugeriu a enfermeira Thomas.

— Precisamos andar logo com isso — avisou a enfermeira Ackerman. — Não sabemos quando aquele padre vai agir. Ele está determinado a convencer o hospital, e temos que resolver isso antes que... *a coisa* no quarto 1280 saia de lá.

As enfermeiras deviam ter assentido outra vez, e Mia passou a ouvir o som delas se movendo dentro do depósito. Decidiu que era melhor dar o fora.

Depois de se afastar da parede, ela deu um passo adiante. Foi quando viu o que tentava se convencer de que não vira antes: um menininho se esgueirou para fora do depósito, passando de lado pela frestinha da porta.

Mia cobriu a boca com a mão para abafar um grito. Cerrou os dentes, exasperada consigo mesma. Tivera a mesmíssima reação ao ver o garoto no dia anterior. Mas era só uma criança, uma criancinha adorável e brincalhona! Com cabelo preto cacheado e bochechas rosadas, o nível de fofura dele era um pouco prejudicado por dois fatores. Primeiro: ele usava uma máscara barata de jacaré que cobria sua testa e seus olhos; as presas do bicho pairavam logo acima do narizinho empinado. Segundo: tinha um sorriso que mostrava todos os dentes, só um pouco encapetado demais para ser bonitinho, um ponto além do aceitável na escala de travessura. Mas era um menininho, e menininhos tinham mesmo aquela aparência. O primo de Mia, Lucas, era exemplo vivo disso. O garoto parecia sempre prestes a aprontar alguma coisa, e geralmente era o que acontecia.

Então por que aquele garoto a fazia ter vontade de gritar?

Antes que ela pudesse responder à própria pergunta, o menino deu uma piscadela e saiu saltitando pelo corredor. Mia se virou para olhar, mas percebeu que as colegas de turno estavam quase saindo do depósito.

Ela correu na direção do quarto do último paciente que atendera e procurou o garotinho, mas ele não estava à vista.

Quando entrou no quarto 1200, o paciente, sr. Nolan, ergueu o olhar das palavras cruzadas.

— Oi, enfermeira Fremont — cumprimentou. — Que bom que você chegou. Qual o sinônimo de inferno? Seis letras, começando com T.

— Trevas — soltou Mia, sem saber por que o termo estava na ponta da língua.

O sr. Nolan, cujo rosto encovado parecia assombrado pelos olhos fundos de quem estava prestes a deixar aquela vida, preencheu devagarzinho o espaço da palavra.

— Exatamente. Você é um anjo.

A enfermeira Ackerman levou dois dias para juntar morfina suficiente para o plano. Ao menos achava que era suficiente — não tinha muita certeza de qual seria a quantidade indicada naquele caso. A relação entre a dose normal de tratamento *versus* overdose nunca tinha sido relevante para o homem no quarto 1280. Nada nele era normal, então não havia razões para presumir que medicamentos o afetariam da mesma forma que afetavam outros *humanos* com mesma altura e peso. Com isso em mente, a enfermeira Ackerman e as colegas tinham reunido morfina suficiente para matar uma ala inteira de pacientes malignos. A ideia era começar com o que ela achava que seria ideal e depois ir dosando conforme necessário.

Assim que adquiriu a quantidade de morfina que lhe daria certo nível de confiança no sucesso da missão, a mulher não perdeu tempo. Uma amiga que trabalhava na administração confidenciara à enfermeira Colton que o padre Blythe estava irredutível na sua campanha de levar o homem do quarto 1280 até o Centro de Distribuição da Fazbear Entertainment.

A enfermeira Ackerman avançou pelo longo corredor, as solas de borracha guinchando no piso. Pensar no padre Blythe fazia os passos soarem mais altos do que o normal. Ela cerrou os punhos. Estava *furiosa* com o sujeito.

Como ele podia ser tão perdido e inocente? Será que não via que estava sendo manipulado, usado como ferramenta para o mal? O lugar que o paciente queria visitar já não era pista o bastante?

A enfermeira Ackerman tinha pesquisado sobre a Fazbear Entertainment, e ficou alarmada com o que viu. Era do centro de distribuição que todos os brinquedos, fantasias e itens de decoração relacionados à franquia Fazbear eram despachados para restaurantes e lojas de segmentos variados. Ela tinha dado uma olhada nos itens, que eram perturbadores, para dizer o mínimo. Que receptáculo melhor para a malevolência pura do que um brinquedo assustador? A enfermeira Ackerman suspeitava que a coisa no quarto 1280, o que quer que fosse, tinha um plano. Um plano que precisava ser impedido.

Olhando por sobre o ombro mais uma vez, a enfermeira Ackerman apertou o passo. Esperava ter tempo de concluir o serviço antes de a enfermeira Fremont terminar de almoçar.

A novata era outro desafio com que precisavam lidar. Ela tinha se juntado à equipe num péssimo momento. Era tão alegrinha e cheia de energia que chegava a dar nos nervos. A enfermeira Ackerman tinha feito um pequeno teste com a novata no seu primeiro dia, falando sobre o homem no quarto 1280 e o padre Blythe na área de café enquanto a outra almoçava. Se a enfermeira Fremont tivesse se virado e perguntado sobre o que estavam conversando, a chefe a teria incluído. Mas ela só ficara de orelha em pé, e a enfermeira Ackerman não confiava em quem bisbilhotava a conversa alheia.

A mulher aguardou por alguns segundos na porta do quarto 1280. Espiou por cima do ombro. O corredor estava vazio. Era chegada a hora.

Ajeitando a postura, a enfermeira Ackerman entrou no quarto. Até considerou fechar a porta, mas não conseguiu. Antes daquele dia, nenhuma das enfermeiras fechara a porta do quarto 1280 enquanto ainda estava lá dentro. A verdade nua e crua era que tinham medo.

Mas ela só precisava de um minutinho.

Indo até a coisa horrenda na cama, pegou o primeiro frasco de morfina e o espetou com a agulha da seringa. Ignorou os calafrios de empolgação dançando pela pele. Não estava ansiosa por matar. Mas era um alívio livrar sua ala, seu hospital, seu *mundo* daquela mancha que maculava a humanidade.

Com a mão firme, a enfermeira Ackerman injetou a primeira dose de morfina no acesso da bolsa de soro. Ficou olhando o monitor cardíaco. O ritmo cardíaco do paciente não se alterou.

Já imaginava que aquilo poderia acontecer. Com movimentos lentos, sacou o segundo frasco de morfina.

Foi quando ouviu a risadinha.

A enfermeira Ackerman se virou para a porta, mas não havia ninguém ali.

Depois de se afastar da cama, ela foi até a porta e espiou o corredor. Será que a novata tinha terminado de almoçar?

Não havia ninguém ali.

Em seguida, ouviu outra risada, dessa vez bem atrás dela.

Um arrepio desceu por suas costas, fazendo seu estômago se revirar violentamente. Devagar, como se estivesse prestes a encarar um animal selvagem que não queria assustar, ela se virou.

Não sabia o que esperava ver. Estava preparada para literalmente qualquer coisa — e como não estaria? Quem tinha o homem no quarto 1280 como paciente precisava estar pronta para qualquer coisa.

No entanto, não viu nada.

Estava tudo idêntico a quando chegara.

Ainda assim, só para ter certeza, a enfermeira ficou parada diante do homem por vários segundos, olhando para ver se identificava alguma mudança nele. Nada.

Bom, isso não era exatamente verdade: havia uma mudança nítida.

O cheiro no quarto estava muito pior do que antes. Parecia mais intenso, como se alguém tivesse mexido no termostato do hospital a ponto de esquentar e muito o ambiente. O fedor era de matar.

Melhor acabar logo com aquilo.

A enfermeira Ackerman ainda segurava o segundo frasco de morfina, então inseriu rapidamente a agulha da seringa no acesso e esvaziou o êmbolo. Mais uma vez, ficou olhando.

E, outra vez, nada aconteceu.

Ela endireitou as costas e tirou o restante dos frascos de morfina do bolso. Eram onze. Colocou todos na beirada da cama, numa fileira organizada. Injetaria todos se fosse necessário, um após o outro. Não esperaria resultados.

Enquanto pegava o terceiro frasco, ouviu a risadinha de novo. Sua mão parou no meio do movimento.

O barulho tinha vindo de *algum lugar próximo*.

Enfim, viu o menininho de cabelo preto parado ao seu lado, olhando para cima. Exibia um sorriso tão selvagem que funcionava como um sifão, sugando as forças dos membros da enfermeira Ackerman. Ela sentiu as pernas bambearem e se agarrou à beirada da cama bem a tempo.

Era só um garoto. Por que ela estava com tanto medo?

Ele saiu correndo do quarto, e a enfermeira Ackerman tentou acalmar o coração. Precisava recuperar o controle para voltar à missão.

Mas sua mente e suas memórias não permitiam que ela se acalmasse. Em vez disso, foi transportada — completamente contra sua vontade — ao passado. De repente se viu no leito de morte do filho, que tinha partido daquele mundo levando consigo todos os sorrisos que a enfermeira Ackerman ainda pudesse vir a dar. Sentindo a agonia como se estivesse de volta à cena, ela reviveu pela milionésima vez o momento em que a morte do filho tinha fincado as garras no seu coração e o despedaçado completamente.

Ackerman não era aquela pessoa vazia desde sempre — a morte de Elijah tinha deixado um buraco dentro dela, transformando a mulher em alguém quase funcional que precisava conviver com pessoas que a torturavam com lembranças da vida que compartilhara com o filho. Mesmo com o coração gelado, ela havia se tornado enfermeira de cuidados paliativos para ajudar outros que enfrentavam situações semelhantes.

*Pode parar com isso!*, repreendeu a si mesma. Não tinha tempo para aquele sofrimento.

A enfermeira empurrou para longe o passado, assim como a dúvida de quem era aquele garotinho, e por que ele estava ali. Também guardou no fundo da mente o motivo que o tornava tão aterrorizante. *Uma coisa por vez*, disse a si mesma.

E, de novo, estendeu a mão para pegar um frasco. Antes que pudesse fechar os dedos ao redor dele, porém, uma sombra do tamanho de uma criança passou num lampejo à sua frente.

Como se atingidos pelo movimento, todos os frascos de vidro voaram da cama e caíram no chão, se espatifando com o impacto.

E então a morfina empoçou nas lajotas, inofensiva.

O plano da enfermeira Thomas era simples porque ela mesma era simples.

Apaixonada por cultivar flores, preparar banquetes para a família e recitar versículos da Bíblia, a mulher — conhecida entre os amigos como Beatrice — tinha virado enfermeira porque amava gente, simples assim. Queria servir a todos, como fosse possível.

Tais características não combinavam com o lugar onde estava e a ideia que tinha em mente: naquele momento, se encontrava diante do quarto 1280 munida de um travesseiro que pretendia usar como arma.

Mas os objetivos da enfermeira Thomas eram de fato coerentes, garantiu a si mesma. O que estava prestes a fazer seria um ato de amor, um ato de amor tão puro e simples quanto ela mesma. Beatrice faria aquilo pelo mesmo motivo que fazia tudo, todos os dias. Queria ajudar as pessoas.

A enfermeira olhou por cima do ombro. Estava sozinha.

O fato de estar fazendo aquilo para ajudar não significava que queria ser pega com a boca na botija. Ninguém além das enfermeiras Ackerman e Colton pareciam entender.

Parando para fazer uma breve oração do lado de fora do quarto 1280, a enfermeira Thomas abraçou o travesseiro e abriu a porta. Abaixou a cabeça assim que adentrou o espaço. Era o que sempre fazia naquele quarto específico — uma forma de ver o bastante sem precisar encarar de frente o que jazia na cama.

Ela não queria encarar de frente o que jazia na cama porque era a coisa mais grotesca que já vira. A massa de ossos e tecidos em formato humano, um aglomerado macabro de meleca inquieta e escória carbonizada, queimava os olhos da enfermeira como se ela estivesse fitando um eclipse solar sem proteção. O efeito era tão intenso que ela até tentara usar óculos escuros no quarto para ver se ajudavam — sem sucesso.

Respirando pela boca (a enfermeira Ackerman estava certa: o fedor parecia muito pior do que antes), ela se aproximou da cabeceira da cama. Apertou o travesseiro uma última vez e o ergueu diante de si.

Sabia que as enfermeiras Ackerman e Colton achavam tola a ideia de matar a coisa daquela forma. Talvez fosse mesmo. Às vezes, porém, a solução mais fácil era a melhor.

A morfina não tinha funcionado, fato.

Na noite anterior, a enfermeira Thomas e as colegas tinham discutido por uma hora sobre o garotinho avistado pela enfermeira Ackerman. As outras duas também já tinham visto o menino. Conseguiram inclusive fazer a enfermeira Fremont admitir que também o vira. A enfermeira Thomas achava que a novata não revelara tudo o que tinha visto, mas já bastava.

Mais cedo naquele dia, ela tinha entreouvido dois assistentes de enfermagem comentando que um garotinho de cabelo preto estava sendo avistado em todos os cantos do hospital. O mistério não era necessariamente associado ao quarto 1280, então.

Ou será que era?

Depois de esperar a novata ir para casa, e após liberar a ala para a equipe do próximo turno, as três enfermeiras tinham ido tomar café na lanchonete, onde discutiram uma questão ainda mais urgente do que a presença do menino.

— O que acham que a sombra era? — perguntou a enfermeira Thomas à enfermeira Ackerman enquanto tentava ignorar o cheiro de comida.

Estava com fome, e não via a hora de chegar em casa e preparar macarrão com queijo e escondidinho de vagem.

— *A coisa*, acho... Que está dentro daquele cara, seja lá o que for.

— E como ela saiu de lá? — questionou a enfermeira Thomas.

— Não sei explicar nada relacionado a isso! — A voz da enfermeira Ackerman saiu tão alta que assustou várias outras enfermeiras e médicos que estavam por perto. Talheres se chocaram com os pratos. Alguém derrubou um copo. Ela imediatamente voltou a sussurrar. — Não importa. O que importa é que a gente precisa tentar de novo.

Foi quando a enfermeira Thomas apresentara seu plano simples: sufocar o homem no quarto 1280 com um travesseiro.

A enfermeira Ackerman sugerira tentar de novo com a morfina, mas a enfermeira Thomas a convencera de que o homem no quarto 1280, ou o que quer que houvesse dentro dele, estaria preparado. Precisavam pegar o sujeito — ou a coisa — de surpresa.

Então lá estava ela.

Tinha até praticado na noite anterior. Com um pouco de pesquisa, descobrira que eram necessários três minutos para sufocar alguém com um travesseiro. Precisava descobrir se era capaz de ficar todo aquele tempo — ou talvez até mais — apertando a arma contra o rosto de alguém. Pensou, com base na experiência da enfermeira Ackerman, que, se doses geralmente letais de morfina não eram suficientes para matar a coisa, sufocamento também exigiria um pouco mais de esforço.

A própria enfermeira Thomas parecia molenga como um travesseiro, mas não era. Horas dedicadas a cozinhar, faxinar, cuidar do jardim e costurar tinham conferido uma força surpreendente à parte de cima do seu corpo — algo bem útil quando testou o travesseiro sobre uma boneca que comprara para a sobrinha. Não tivera problema algum em ficar naquela posição por mais de sete minutos… Seus músculos estavam queimando um pouco quando ela terminou, mas tudo bem.

Tinha a força de que precisava ali, com certeza.

A enfermeira Thomas deu um passo na direção da cama. Parou e ouviu, mas não escutou risadinhas como as que a enfermeira Ackerman tinha descrito. Pelo jeito, o garoto não estava por perto.

Abraçando o travesseiro com mais força, ela marchou até a cama e o pressionou com força sobre o rosto — ou o que restara dele — do homem. Os músculos dela tensionaram, preparados para qualquer reação.

Mas nada aconteceu... a princípio.

Depois, a fronha começou a se manchar de sangue. O fluido parecia vir do meio do travesseiro, se espalhando depressa para as extremidades, seguindo inexoravelmente na direção dos dedos da enfermeira. Mas ela não soltou. Estava focada no resultado.

Depois de seis minutos e meio, os bipes constantes do monitor aceleraram. Passado mais um minuto, o som se transformou num grito contínuo enquanto a tela do equipamento mostrava uma linha totalmente horizontal, finalmente.

Estava funcionando!

Mais alguns segundos deveriam ser suficientes.

O travesseiro já estava quase todo empapado de sangue, e a essa altura dava para ver uma meleca verde nojenta vazando do meio da fronha. Ela sentiu ânsia de vômito, mas continuou apertando.

Foi quando uma sombra surgiu de repente e arrancou o travesseiro das suas mãos. Antes mesmo que pudesse pensar em recuperar o objeto, ele explodiu. O conteúdo voou para todos os lados — inclusive na direção dela, a cobrindo da cabeça aos pés.

Um sangue nojento e espesso molhou sua boca e entrou pelo nariz. A meleca podre cobriu seus olhos. Pedacinhos de tecido e espuma grudaram nos fluidos que haviam encharcado sua pele e seu cabelo.

A enfermeira Thomas não disse nada, mas o monitor cardíaco, sim: voltou a apitar num ritmo estável e uniforme.

Foi então que a mulher desmaiou, caindo em meio à meleca que se espalhava pelo chão.

• • •

Arthur estava começando a ficar frustrado. Não era algo que acontecia com frequência, pois acreditava no timing do universo. Tal timing, no entanto, parecia um pouco descalibrado naquele momento.

Já fazia cinco dias desde que o homem no quarto 1280 conseguira se comunicar com ele. Desde então, o padre tinha voltado para ver o sujeito diariamente, mesmo ficando apenas algumas horas por vez. O restante do seu tempo no hospital era gasto na administração, tentando convencer alguém a lhe dar ouvidos.

"Que mal faria?", repetira ele sem parar, para pelo menos uma dezena de pessoas diferentes.

Simplesmente não conseguia entender por que tirar o homem do quarto 1280 era algo tão ruim. Ou o paciente sobreviveria à experiência e conseguiria fosse lá o que desejasse com aquela visita ao Centro de Distribuição da Fazbear Entertainment, ou não. E se não sobrevivesse... Bom, Arthur via aquilo como um ato de misericórdia.

A administração do hospital, porém, parecia não concordar.

Estavam distraídos também. Parecia que a instituição toda estava em polvorosa com os diversos relatos de um menininho de cabelo preto perambulando por ali com uma máscara de jacaré. Várias pessoas tinham visto a criança — até o momento, porém, ninguém falara com ele.

Tinham chamado a polícia para encontrar o garoto e descobrir de onde vinha, mas nenhum dos agentes da lei chegou a encontrar com ele. Sempre que o menino era avistado, os policiais corriam até o local e não encontravam nem sinal dele. Nesse meio-tempo, pacientes e funcionários seguiam vendo o garotinho por todo o hospital. Ao que parecia, um zelador o encontrara inclusive no porão do estabelecimento, perto dos geradores de emergência. De acordo com as investigações da administração e da polícia, não havia crianças desaparecidas cujas descrições batessem com a dele.

Como ninguém tinha conseguido deter o menino ou falar com ele, passaram a cogitar a possibilidade de ser um fantasma. Um fantasma com máscara de jacaré — tinha cabimento?

Bom, Arthur não tinha nada a ver com aquilo. Já estava ocupado o bastante com os problemas que precisava resolver.

Naquele dia, porém, decidiu tirar uma folga da discussão com os funcionários do hospital e combinou de almoçar com Mia.

— Cheguei — anunciou a moça, passando entre as mesas de piquenique na área externa do refeitório.

Elas estavam dispostas sobre um pavimento de lajotas rosadas, num grande pátio com floreiras de pedra repletas de crisântemos amarelos e alaranjados. Meia dúzia de pássaros-junco de olhinhos pretos e alguns pardais saltitavam entre as flores.

O sol tinha reafirmado seu domínio sobre o céu, banhando o mundo com as cores vivas do outono. As árvores que cercavam o Hospital Héracles pareciam obras-primas em tons de vermelho, amarelo e laranja. Uma brisa fraquíssima agitava os galhos, fazendo rodopiar as folhas no chão. Era um dia lindo.

A presença radiante de Mia deixava tudo ainda melhor.

— Espero não ter feito o senhor esperar muito tempo — falou ela.

— De jeito nenhum.

Na verdade, Arthur estava ali fazia vinte e cinco minutos, mas ela só se atrasara quinze.

— Também espero que não tenha trazido almoço, porque meu namorado preparou uns sanduíches deliciosos de provolone com rosbife. Ah, o senhor é vegetariano? Ou pode comer rosbife? Rosbife é kosher, ou sei lá?

Arthur sorriu.

— Não, não sou vegetariano.

— Ah, que bom — disse Mia.

Então sacou da bolsa dois sanduíches em baguetes, ambos embalados em plástico-filme. Entregou um deles ao padre.

— E aí, como vão as coisas com a administração? — perguntou, dando uma mordida no lanche e tomando um gole do refrigerante.

— Devagar quase parando — admitiu Arthur.

Encorajado pelo fato de ter trombado com Mia em todas as suas visitas ao hospital, Arthur enfim lhe contara sobre o plano de levar um dos pacientes ao estabelecimento que este pedira para visitar.

Mia tinha surpreendido o padre ao responder:

— Ah, o homem no quarto 1280?

— Como você sabe? — perguntou ele.

— Escutei a enfermeira Ackerman e as outras falando sobre esse cara. Elas me pegaram com a boca na botija, então me contaram a respeito. Ainda nem o vi, porque elas dizem que não estou pronta. Acho que estou mais pronta do que imaginam, mas enfim... Já mal tenho tempo para nada.

E deu outra mordida no sanduíche.

— Também não sei se você está pronta — comentou Arthur.

Ele odiava a ideia de aquela garota animada ter que ver... Bom, aquele pensamento não era nada gentil, era? O sujeito não tinha culpa de possuir uma aparência tão repugnante.

Ao morder o sanduíche, Arthur logo entendeu por que Mia amava tanto o namorado. Pelo jeito, o cara era um deus dos sanduíches.

— Que delícia — elogiou o padre.

— Muito bom, né? — comentou Mia, sorrindo.

Ambos mastigaram por alguns segundos. Quando Mia terminou, disse:

— O homem no quarto 1280 é tão ruim assim, é?

O padre só deu de ombros.

— Já ouvi as enfermeiras falando sobre outras coisas também — continuou Mia.

— Que enfermeiras? — perguntou ele.

— A Ackerman e as outras.

Depois caiu no silêncio e assim ficou por um minuto.

Arthur a incentivou a continuar:

— Que tipo de coisas?

Mia mordeu o lábio inferior, depois espanou o ar.

— Deixa para lá. — Deu um gole no refrigerante. — O senhor ficou sabendo sobre o garotinho, né?

Arthur deu uma risada.

— E como não? Todo mundo está falando dele.

— Eu o vi — falou Mia.

Estava mesmo contando vantagem?

— Sério?

— Umas quatro vezes, no mínimo. Sempre com aquela máscara boba.

O padre se concentrou no sanduíche enquanto a ouvia descrever o garoto de cabelo cacheado e sorriso encapetado. Precisava admitir que sentia certa curiosidade quanto a ele; ainda não o vira com os próprios olhos, mas tudo bem.

— O senhor pode usar o menino a seu favor, já pensou nisso? — comentou Mia.

— Como?

O padre não era muito fã da ideia de usar qualquer pessoa, que dirá um garotinho, mas talvez valesse a pena ouvir a sugestão da enfermeira. Achava a voz da moça tão reconfortante quanto uma caneca do chocolate-quente de Peggy numa noite fria.

— Bom, por causa dessa comoção toda, o pessoal da administração está tendo que lidar com uma baita papelada. Aposto que deve ser um pesadelo documentar todos os avistamentos e colaborar com a polícia. Por que o senhor não avisa que vai ficar no pé deles a menos que te deixem levar o paciente ao tal estabelecimento? Eu vivia fazendo isso quando era criança. Se a gente insiste muito e enche o saco das pessoas quando estão ocupadas, elas acabam concordando só para se livrar de uma vez. Funciona que é uma beleza.

Ela riu, abocanhando o sanduíche.

O padre refletiu por um segundo.

— É, até que não é má ideia.

Mia sorriu. Estava com um pedacinho de alface preso entre os dois dentes da frente. Nela, era encantador.

A enfermeira Colton acreditava piamente que seu plano era melhor do que os anteriores, das enfermeiras Ackerman e Thomas.

A vantagem dele era ser ao mesmo tempo simples e sofisticado. E também letal, esperava ela — isso se não fosse frustrado pela sombra misteriosa que interferira nas ações das suas colegas conspiradoras.

Mas, ao contrário das outras, a enfermeira Colton torcia para que a sombra aparecesse. Tinha um plano para deter o fenômeno.

A enfermeira Thomas havia passado os dois últimos dias de licença, em casa. As outras duas não sabiam se era algo físico ou psicológico. Obviamente, qualquer pessoa que tivesse sido coberta por uma enxurrada monstruosa de fluidos corporais nojentos como os que haviam encharcado a enfermeira Thomas tinha o direito de ficar um pouco desesperada. Desmaiar parecia uma reação apropriada. A enfermeira Colton não julgava a colega por querer fugir um pouco do mundo real.

As outras duas enfermeiras tinham colocado máscaras, aventais e luvas para limpar os restos do travesseiro detonado. Também haviam passado cânfora sob o nariz para disfarçar o fedor. Ainda assim, não foram poupadas das diversas ânsias de vômito enquanto limpavam o quarto... e a própria enfermeira Thomas.

O que era aquela sombra?

Na noite anterior, as três mulheres haviam debatido sobre o assunto na casa da enfermeira Thomas e decidido que era uma extensão da coisa na cama... ou algo que havia *dentro* da coisa na cama.

Por aquele motivo, a enfermeira Colton achava que sabia como agir. Tinha certa experiência com aquele tipo de situação, e se sentia muito otimista quanto ao próprio plano.

Enquanto a enfermeira Ackerman não expressava sentimentos e a enfermeira Thomas era escrava dos seus, a enfermeira

Colton acreditava ter o equilíbrio perfeito entre razão e emoção. Sentia, e sentia profundamente, mas também raciocinava de forma mais intensa do que as outras duas. Precisava daquele equilíbrio — afinal de contas, era dona do próprio nariz desde os dezesseis anos.

Quando os pais faleceram, ela havia escolhido não ir para um orfanato. Tinha fugido, encontrado uma mulher que fazia documentos falsos e arrumado um emprego num cruzeiro — serviço que já incluía refeições e lugar para dormir. Com o tempo, conseguira juntar dinheiro suficiente para pagar pela faculdade de enfermagem, e só estava ali porque pessoas como ela perdiam pessoas como seus pais. Era a coisa certa usar seus conhecimentos para ajudar os outros.

A caminho do corredor que levava ao quarto 1280, a enfermeira Colton viu o menininho entrar correndo no depósito. Ainda não sabia se ele era real ou sobrenatural. Suspeitava da segunda possibilidade; se fosse algum tipo de fantasma, porém, ela não saberia o que fazer com ele — muito menos como expulsá-lo de lá. Assim, achava melhor lidar com um mistério por vez.

À porta do quarto 1280, ela pousou no chão a bolsa de lona que carregava. De olho no corredor, pegou o óleo essencial de eucalipto misturado a outro óleo carreador. Passou um pouquinho da mistura no buço. O aroma intenso, esperava ela, disfarçaria o fedor nojento do quarto.

Depois de outra espiada no corredor, a enfermeira Colton tirou da bolsa uma vela branca simples. Entrou no quarto 1280 e pousou o objeto no chão. Depois sacou outra vela, que posicionou a alguns metros da primeira. Uma a uma, dispôs velas ao redor de todo o espaço. Em seguida, tirou da bolsa um isqueiro e acendeu metodicamente todos os pavios. Com as velas acesas, a enfermeira Colton fechou os olhos e imaginou a luz se expandindo até preencher todo o quarto. Depois se virou, olhou para o homem na cama e disse:

— Este quarto está repleto da luz do bem. Sombra nenhuma pode entrar ou fazer o mal aqui.

Ficou imóvel para garantir que sua intenção fosse forte o bastante. Sim, parecia tudo certo.

A enfermeira Colton acreditava no poder da intenção e da disposição humana. Ambas as coisas a tinham ajudado a sobreviver à perda dos pais e a construir uma vida para si — e ambas viriam a calhar ali, disso tinha certeza.

Ótimo. Era hora.

Ela colocou a bolsa no chão e olhou para o sujeito na cama. Ao contrário da enfermeira Thomas, Colton preferia encarar a feiura de cabeça erguida. Sim, os ossos chamuscados e os órgãos quase calcificados a enchiam de nojo, mas ela era capaz de lidar com aquilo.

Estava pronta para livrar o mundo daquela coisa.

A enfermeira sacou uma seringa vazia, mas cheia de ar. Imaginava que se a coisa na cama podia respirar, também podia morrer de embolia.

Chegou mais perto e começou a injetar ar no acesso preso ao braço da criatura. A enfermeira não tinha dúvida de que seria bem-sucedida, porque estava dentro de um círculo de proteção. Era tão forte que mesmo que a tal sombra — fosse lá o que fosse — já estivesse dentro do perímetro quando o artifício fora conjurado, o círculo ainda assim deteria o fenômeno.

Mas, quando ela começou a apertar o êmbolo da seringa... o círculo de proteção falhou.

Uma sombra cortou o ar diante da enfermeira e bateu com tudo na seringa. O objeto voou pelo ar, rodopiando antes de se fincar bem na garganta da enfermeira. A seringa, cravada na pele logo acima da clavícula, tremeu de um lado para o outro, fazendo um calafrio descer pelo pescoço da mulher.

A enfermeira Colton sabia que, se não se livrasse logo da seringa, o ar a mataria. Assim, reagiu no mesmo instante, arrancando o objeto do pescoço — mas, de imediato, a seringa foi arrancada dela de novo. Desta vez, a enfermeira ergueu as mãos em rendição.

O objeto caiu no chão, o êmbolo se soltando. Depois, uma lufada de ar quente e bafiento varreu o quarto, apagando todas as chamas. As velas voaram longe, se chocando contra as paredes.

A enfermeira Colton nunca tivera suas intenções desafiadas de forma tão violenta, o que a abalou. Mas não iria deixar aquilo transparecer.

Ela se virou para a coisa maligna na cama e disse:

— A gente vai dar um jeito.

Uma risadinha ecoou, vinda do corredor.

A enfermeira Colton correu até a porta e deu de cara com a enfermeira Fremont — que, parada feito uma estátua, encarava a outra extremidade do corredor.

— Ele foi por ali — avisou Mia.

— Quem? — perguntou a enfermeira Colton, abobada.

— O garotinho.

— Estou começando a desconfiar que não é um garotinho qualquer — admitiu a mulher.

Mia assentiu.

— Eu também.

As duas ficaram em silêncio, fitando o corredor. Depois Mia acrescentou:

— O que acabou de acontecer?

—Você viu?

Mia confirmou. Não estava com medo.

A enfermeira Colton inclinou a cabeça para o lado, analisando a novata por um bom tempo.

—Você está morrendo de curiosidade — concluiu, certeira.

Mia assentiu mais uma vez.

— Certo. Entre.

A enfermeira Colton voltou para o quarto 1280.

Mia fez menção de ir atrás, mas teve que parar na soleira para tapar o nariz.

Ela gostava de fazer listas. Tinha várias com as melhores coisas da vida — melhores experiências, melhores paisagens, melhores sabores, melhores cheiros, melhores sons… Também tinha listas das piores coisas. Os três que encabeçavam a seleção de cheiros mais horríveis eram o de ovo podre, o de cadáver (que ela infelizmente havia conhecido ao sentir um fedor pútrido e descobrir que vinha do corpo de uma idosa que morrera sozinha no apartamento ao lado) e o fluido expelido pelos gambás.

Mas o odor naquele quarto era pior do que os outros três misturados.

— Nossa — soltou ela.

— Tenta isso.

A enfermeira Colton estendeu-lhe um frasquinho de óleo essencial.

Mia o cheirou, depois esfregou um pouco da substância sob o nariz. Melhorava, sim, mas não muito. Ainda assim, Mia entrou no quarto.

Não sabia o que esperava ver, mas não era aquilo. O *que* era aquilo, afinal?

— Coitadinho desse homem... — sussurrou ela.

A enfermeira Colton olhou para a cama e suspirou. Depois disse:

— Pois é. Mas o homem não é o problema.

Mia a olhou de soslaio e depois voltou a encarar a coisa na cama.

Ela nunca fora muito fresca. Na verdade, até gostava de coisas meio mórbidas. Tinha analisado de perto o cadáver da idosa que encontrara, observando os vermes enquanto pensava "Que demais". Era a natureza seguindo seu curso.

Mas aquilo?

Aquilo não era natural.

Era o exato oposto. Uma violação da própria natureza.

Aquele receptáculo ósseo de órgãos e tecidos putrefatos, meio-termo entre esqueleto e homem, de alguma forma ainda conseguia sustentar vida o bastante para gerar a atividade cerebral que Mia podia ver em um dos monitores. Era errado, fundamentalmente errado.

— O problema é o que vive dentro dele — arriscou Mia.

— Isso mesmo — confirmou a enfermeira Colton.

Mia pensou na conversa que tinha entreouvido. Aquela sobre mal e extermínio. Ao ver o homem, compreendia o contexto.

Quando se virou, encontrou o olhar da enfermeira Colton e assentiu.

— Acho que entendo.


Mia era um gênio.

Enquanto seguia os funcionários da administração, insistindo para levar o homem no quarto 1280 até o Centro de Distribuição da Fazbear Entertainment, Arthur se sentia uma criancinha mimada. Mas não dava para ignorar os resultados.

Apesar das inúmeras objeções vociferadas pelas enfermeiras e até mesmo por outros funcionários do hospital (que chegaram a criar um abaixo-assinado), Arthur recebeu um telefonema no fim da tarde anterior dizendo que poderia levar o paciente ao tal centro de distribuição *se* — *e apenas se* — assinasse uma papelada infinita que isentava o hospital de qualquer responsabilidade caso algo desse errado durante o passeio.

Assim, lá estava Arthur pedalando mais uma vez na direção do Hospital Héracles. Naquele dia, saíra preparado para a chuva porque não havia dúvidas das intenções das imensas nuvens carregadas que dominavam o céu. Nem um único raio de sol atravessava as massas escuras e cinzentas que faziam parecer o início da noite apesar de ser dez da manhã.

A chuva começou assim que ele avistou o hospital. O padre mantinha a cabeça baixa, se orientando através das marcas da ciclovia que margeava a estrada. Cada carro que passava dava um banho em Arthur e chacoalhava Ruby, fazendo os pneus oscilarem de leve no pavimento. O padre ficou aliviado quando olhou para cima e viu que já estava quase no pórtico.

De repente, seus pés vacilaram nos pedais de Ruby. Será que tinha mesmo visto aquilo?

Ao contemplar o pórtico, absorvendo a majestosidade da construção com fachada coberta de hera e sua estátua intrincada, podia jurar que tinha visto a cabecinha de uma criança surgindo de trás do Cérbero de pedra.

Arthur brecou, enxugou os olhos e tentou enxergar além das etéreas cortinas de chuva que o separavam do hospital. Forçou a vista, tentando ao máximo discernir a estátua de Cérbero e o topo das colunas que flanqueavam o pórtico. Não. Não tinha nada ali.

Devia ser fruto da sua imaginação. Aquele papo todo sobre o menininho provavelmente mexera com a sua cabeça.

Mas... não parecia só impressão.

Tentou dar uma última olhadela, mas as cortinas de chuva se transformaram em paredes sólidas de água atingindo o solo como se a Mãe Natureza tentasse aniquilar um inimigo. O padre conseguia ver apenas a tempestade, então firmou os pés nos pedais de Ruby e enfim chegou ao abrigo com sua pobre bicicletinha encharcada.

Dez minutos depois, ainda pingando água por causa da capa de chuva que carregava, Arthur se sentou diante de uma mesa diferente de todas as outras que conhecera em sua campanha pela visita ao Centro de Distribuição da Fazbear Entertainment. Não era a mesa de algum funcionário de baixo escalão. Era a mesa de alguém com poder — naquele caso, poder jurídico. O padre estava diante de Carolyn Benning Graves, advogada geral do Hospital Héracles.

A sra. Graves tinha cadeiras bem melhores do que Pete e todos os outros do setor de administração. Arthur estava muito confortável na poltrona reclinável de couro bordô.

— Compreende, padre Blythe, que qualquer dano resultante do transporte do paciente, seja à propriedade ou à pessoa dele, vai ser de total e completa responsabilidade do senhor?

Arthur assentiu.

— Compreendo.

O estômago dele se revirou. E se algo desse errado?

Depois, corrigiu a postura. Onde estava sua fé? Ele e o homem no quarto 1280 estariam sendo muito bem cuidados.

A advogada empurrou uma pilha de papéis pela superfície polida da mesa de mogno.

— Peço então que o senhor leia esse termo de responsabilidade, assine na linha e rubrique aqui e aqui.

Arthur começou a se inclinar adiante.

— Aqui não, padre Blythe — avisou a sra. Graves. Depois gesticulou, e uma jovem magra e bem-vestida apareceu para pegar os papéis. — Pode acompanhar a sra. Weber. Ela vai levar o senhor ao lugar onde vai poder ler e assinar os documentos. Sinto muito, mas tenho outro compromisso.

Obediente, Arthur se levantou da poltrona reclinável com uma sensação de triunfo.

Mia tomava um chá de cadeira no corredor que levava ao departamento jurídico do hospital. Ficara sabendo que o padre Blythe ainda estava assinando a papelada para levar o homem no quarto 1280 ao Centro de Distribuição da Fazbear Entertainment. Apesar da documentação, ela esperava ser capaz de convencer o padre a desistir da ideia.

Apoiada na parede, Mia sorria e acenava para todo mundo que passava, mas não estava de fato *vendo* as pessoas. Sua mente parecia longe. Estava repensando o que a levara àquele lugar, àquele momento e àquela missão.

Mia não entendia por que só conseguira arranjar emprego na ala de cuidados paliativos do Hospital Héracles. Era muito bem qualificada e tinha um currículo de dar inveja. Devia ser capaz de conseguir uma vaga melhor. Na verdade, se ressentia bastante de estar presa àquele cargo.

Não fosse pelo lembrete constante do namorado de que aquele serviço era só um degrau da sua carreira, estaria arrasada. Mas com o incentivo dele, seus sanduíches deliciosos e a própria natureza otimista da moça, até que andava satisfeita com o trabalho... exceto pelo medinho que sentia das colegas enfermeiras e das suas conversas sussurradas.

Depois do que tinha visto, porém, ela as entendia. Caramba, e como entendia!

Também entendia por que conseguira aquela vaga. Ela era necessária ali.

— Ora, ora! Oi, Mia.

Quando voltou a si, se deu conta de que o padre Blythe estava parado à sua frente.

— O que está fazendo aqui?

Mia sorriu, vendo o padre equilibrar uma pilha de papéis, uma capa de chuva laranja e o capacete vermelho brilhante da bicicleta. A água pingava nos seus sapatos de couro preto. Por algum motivo, ele sempre exalava um cheirinho de coco.

— Então, padre, vim para falar com o senhor — explicou Mia. Olhou para o corredor lotado, depois para a passagem que levava a uma salinha de espera. — Vem comigo rapidinho?

O padre conferiu o relógio.

— Já, já Peggy vai me encontrar na frente do hospital com a van da igreja, que é acessível para cadeiras de rodas. Vou entregar a Ruby para ela e pegar o veículo. — Depois olhou Mia nos olhos. — Mas tudo bem, vamos.

A enfermeira enlaçou o braço no do padre e o guiou pelo corredor. Sorria para todos que passavam, notando como vários dos funcionários fechavam a cara ao ver o homem.

Na sala de espera, Mia se sentou numa das felpudas poltronas marrons e apontou para outra. O padre Blythe se acomodou ao lado dela.

— O que houve, Mia? Você parece preocupada.

— Estou mesmo.

Depois fitou os olhos castanhos e gentis do padre Blythe. O sacerdote tinha um rosto tão bondoso, tão receptivo... Dava para ver que, apesar de ter sofrido muito na vida, era determinado a enxergar o bem em tudo. Tinha uma boca que se curvava para cima, mesmo quando o rosto estava impassível. Parecia ter nascido para ver luz na escuridão.

Ao perceber que o padre esperava que ela continuasse, Mia olhou ao redor para garantir que estavam sozinhos. Depois chegou tão perto do padre Blythe quanto possível sem ser esquisito, respirou fundo e falou num fôlego só:

— Padre, sei que dei dicas de como conseguir permissão para tirar o homem no quarto 1280 do hospital. Mas o senhor não pode fazer isso. Não pode. Aquele paciente... Ele não pode sair daqui. Não posso explicar como sei disso, mas sei. Ele não pode ir a lugar algum. O senhor não pode levar isso adiante. As outras enfermeiras têm razão. Achei até que eram meio malucas. Admito, achei mesmo. Mas agora entendo. Elas estão certas. Tem algo errado naquele coitado. Algo dentro do homem, e o senhor não pode levar a coisa para onde ela quer. Não pode. Os resultados seriam devastadores, catastróficos. Não sei como ou por quê, mas sei. O senhor precisa acreditar em mim. Eu...

Mia se detém. Percebeu que poderia dizer milhões de coisas, mas nada convenceria o padre Blythe a mudar de ideia. Estava estampado na cara dele.

Lábios comprimidos numa expressão de compaixão, sobrancelhas grossas e grisalhas franzidas, rugas nos cantos dos olhos afastados, o queixo erguido de leve — tudo aquilo entregava o que sairia da boca do padre Blythe.

— Mia — começou a dizer, quando ela terminou de argumentar. — Sinto muito, mas preciso levar esse homem para onde ele quer ir. É seu último desejo.

— Mas nem por isso quer dizer que é uma boa ideia — tentou Mia, em vão.

— Por que isso é tão importante para você? — questionou o padre Blythe.

Mia não tinha uma resposta lógica. Não ia explicar o que presenciara no quarto do hospital; sabia que soava maluco, e não podia perder o emprego. Mas, além do que tinha visto, havia também um sentimento, uma intuição. Talvez até uma premonição.

— Porque é — respondeu ela, enfim.

O padre colocou a capa de chuva e o capacete no chão. Prendeu os papéis sob a dobra do braço e segurou a mão de Mia.

— Querida, já vivi o bastante para ver o tipo de mal que existe no mundo. Não vi tudo que tem para ver, de jeito nenhum, mas vi mais do que suficiente para entender que minha postura otimista não condiz com a realidade terrena. Eu deveria estar calejado a esta altura da vida, acho. Deveria ser pessimista, sempre disposto a ver o pior. Mas não sou assim. Não sou assim porque escolho não permitir que o passado dite os tons do que vejo no presente. Escolho, a todo instante, encontrar o que há de bom nas coisas.

— Mas e se não conseguir?

— Bom, aí eu tento outra vez.

— E se não houver outra vez?

Até Mia podia ouvir o medo na própria voz. Ela enxugou as lágrimas que ameaçavam rolar pelo rosto.

O padre Blythe respirou fundo.

— Nesse caso, vou seguir para onde quer que minha jornada me leve, imagino. É tudo que posso fazer. É isso que estou tentando fazer pelo homem no quarto 1280.

A enfermeira engoliu em seco e assentiu.

— O senhor não vai mudar de ideia.

— Sinto muito, mas não vou.

Mia ficou de pé, e Arthur começou a juntar suas coisas.

— Posso te dar um abraço, padre? — perguntou ela.

— Claro.

Os dois se abraçaram, e Mia tentou transmitir ao padre o carinho inexplicável que sentia por ele. Ou será que na verdade era preocupação?

— Tchau, Mia. Te vejo em breve — despediu-se Arthur, ao se afastarem.

— Tchau, padre — respondeu ela enquanto acenava e seguia pelo corredor.

O Centro de Distribuição da Fazbear Entertainment era um aglomerado de construções vermelhas e brancas tão colossais que Arthur achava inacreditável não ter reparado antes. Pareciam imensos blocos de metal deitados de lado, espalhados de forma precária por uma criança gigantesca; pela aparência, deviam estar ali havia pelo menos uns vinte anos. Baixos e repletos de janelinhas estreitas, todos precisavam ser pintados, ou ao menos limpos (Arthur tinha certeza de que as paredes não eram desbotadas daquele jeito desde a construção). Ao redor de quase todos os prédios, rampas levavam a docas de concreto esburacado. Até as grandes carretas estacionadas em cerca de dez delas pareciam estar em serviço já havia um bom tempo. Algumas estavam enferrujadas. Outras, tortas. Todas pareciam sujas. Sim, o dia estava feio, mas Arthur podia apostar que, mesmo num brilhante dia de sol, aquele centro de distribuição precisaria de muito amor e carinho.

O endereço que Peggy mandara para Arthur, bem como as explicações de como chegar lá, não levava a um edifício, e sim a uma pequena guarita ao lado de um portão aberto. Depois que passou pela entrada abandonada, o padre percebeu que não sabia muito bem o que fazer a seguir. O desejo de visitar o Centro de Distribuição da Fazbear Entertainment parecia tão vago quanto dizer que queria visitar o estado de Iowa. Que parte específica do lugar o homem desejava conhecer?

Arthur olhou pelo retrovisor o volume envolto em lençóis, acomodado numa cadeira de rodas presa atrás do banco do passageiro da van. Ele ainda não tinha se acostumado a ver os órgãos palpitantes e as veias secas dispostos na vertical. Também não tinha se acostumado com o cheiro.

O padre tinha passado todo o trajeto entre o Hospital Héracles e a Fazbear Entertainment debatendo se era possível que o fedor aumentasse a cada quilômetro. A van estava empesteada com o cheiro nojento de enxofre, fezes, carniça, sangue e bile.

Desde que fora transferido da cama para a cadeira de rodas, o paciente exsudava sangue e vários fluidos escuros. A meleca de odor acre encharcava o lençol ao redor do homem, empoçando no chão. Arthur sabia que levaria horas para limpar a van depois daquele passeio.

Apesar disso, lá seguia o sujeito, retinho no assento. Estava preso à cadeira, mas a cabeça não pendia apesar de frouxa. Não tinha olhos, claro, mas as órbitas estavam voltadas diretamente para a frente, como se ele pudesse enxergar perfeitamente para onde estavam indo.

Sentindo-se cada vez menos seguro quanto a toda aquela história, Arthur tentou parar de julgar o pobre homem com base na sua aparência. Pigarreou.

— Então, você sabe para onde quer ir?

Ele não esperava uma resposta de verdade, mas foi o que aconteceu: o homem ergueu um dos dedos esqueléticos e apontou numa direção que parecia indicar a maior construção do terreno. Arthur reparou que ali havia um pátio coberto que levava a uma fachada espelhada — provavelmente a entrada principal.

Logo se deu conta de que devia ter ligado antes para obter permissão para levar o homem ao centro de distribuição; mas talvez tenha sido um lapso inconsciente. Qual era mesmo o velho ditado? Melhor pedir perdão do que permissão? Algo assim. Arthur não queria enfrentar outra batalha como a do hospital.

Assim, o padre decidiu não seguir até a entrada principal apontada pelo homem.

—Vou procurar uma portinha lateral, acho — comentou em voz alta. — Algo mais reservado. Tudo bem por você?

O sujeito não se moveu, mas Arthur teve a impressão de ouvir uma leve percussão emanando do seu peito. Será que estava ouvindo o coração dele? O padre reprimiu os arrepios que começaram no topo da cabeça, descendo num arpejo pelo pescoço e pelas costas.

Engatou a primeira marcha e deu a volta na construção principal, os pneus guinchando no asfalto molhado. Depois se pôs a pensar em como faria para entrar com o homem no prédio sem que ele ficasse encharcado. Por algum motivo, a ideia de molhar um corpo que mal tinha pele não parecia muito boa.

Assim que contornou a esquina do prédio maior, Arthur viu a solução do seu problema: a lateral da construção tinha docas cobertas grandes o bastante para comportar uma van.

— Tudo o que pedirdes, recebereis — disse, sorrindo, antes de fazer uma oração de agradecimento pela ajuda.

Na extremidade daquela fileira de docas de carga e descarga, dois funcionários robustos e de cara amarrada, ambos equipados com cintas lombares ergonômicas, carregavam caixas e mais caixas até uma van branca imunda. Nem deram atenção quando Arthur encostou o veículo da igreja, paralelo à plataforma do outro lado das docas.

— Acho que isso já vai resolver — comentou ele para o paciente.

E, claro, não teve resposta.

Saltando do banco do motorista, Arthur encheu os pulmões de ar fresco. Bem, não fresco, exatamente. Cheirava a gordura e solventes, mas era menos fedorento do que o interior da van.

Depois de abrir a porta lateral, o padre soltou a cadeira de rodas e a puxou até a rampa. Tentando não ser tão fresco, tocou o lençol sujo de sangue e o ajeitou para cobrir melhor o homem. Não tinha onde limpar os dedos, mas ignorou o problema enquanto empurrava a cadeira construção adentro.

Ao atravessar a porta de correr das docas, o padre se viu no coração do Centro de Distribuição da Fazbear Entertainment. Estendendo-se até onde a vista alcançava, havia estantes do chão ao teto contendo pilhas e mais pilhas de caixas e pacotes envoltos em plástico. Peggy tinha dito a Arthur que a Fazbear Entertainment produzia peças e animatrônicos para restaurantes e outros estabelecimentos. Também criava fantasias que podiam ser usadas por humanos, além de vários brinquedos e outros produtos relacionados aos personagens mais famosos da empresa. Arthur imaginava que as caixas e pacotes estavam cheios desses aparatos. O ramo da empresa também explicava os murais desbotados nas paredes de um amarelo-claro — exibiam uma variedade de animais estranhos de propósito questionável. Apesar da aparência colorida, Arthur não sabia se a intenção era que os desenhos fossem amigáveis.

Diante das prateleiras, diversas esteiras carregavam caixas e pacotes pela construção — a jornada provavelmente terminava perto das docas de carga. Alguns funcionários monitoravam as esteiras enquanto outros usavam empilhadeiras para transitar entre as estantes. Um sujeito ruivo e alto andava de um lado para o outro com uma prancheta na mão, mas nem notou os recém-chegados.

A estrutura estava surpreendentemente silenciosa. As únicas coisas a romper aquela calmaria cavernosa eram o burburinho abafado das esteiras, o zumbido do motor das empilhadeiras e alguns gritos e estrondos.

— Bom, chegamos.

Arthur se virou para o homem. Do nada, ele começou a convulsionar.

Vários pensamentos tomaram a mente de Arthur enquanto ele via os ossos, órgãos e tecidos na cadeira de rodas chacoalharem com tanta força que uma das costelas do sujeito quebrou. Quando sangue voou e tecidos carbonizados passaram a se desfazer, o padre pensou: "Deviam ter me deixado trazer uma enfermeira" e "O que faço agora?" e "Por que fui assinar aquela papelada?" e "Por favor, me guie, Senhor".

Ele se inclinou sobre a cadeira de rodas no instante em que o homem colapsou num monte de ossos envolto pela mistura indescritível de partes humanas torradas. Desesperado, o padre começou a rezar em silêncio.

Antes que chegasse na terceira palavra da oração, os restos mortais do homem deram seu último suspiro, explodindo como um ovo monstruoso se partindo para revelar uma nova vida.

Expelindo sangue preto, pegajoso e fedorento e uma substância similar a piche, que respingou em Arthur e no chão liso de concreto, a explosão de ossos, veias e órgãos aconteceu num piscar de olhos. No mesmo instante, Arthur viu um vazio nos restos se abrir como um portal para o inferno. Em seguida, começou a limpar freneticamente o próprio rosto e o corpo de fluidos e fragmentos melequentos. Enquanto isso, o corpo do homem tombou da cadeira de rodas, e o padre soube que o sujeito estava morto.

Por instinto, Arthur voltou a rezar. De repente, porém, ouviu algo que varreu até mesmo a reza da sua cabeça: uma série de passos apressados, passinhos animados que seguiam na direção das estantes.

O que era aquilo?

O padre esfregou os olhos de novo e observou os arredores. Primeiro, tudo que viu foram os restos do sujeito. Pela primeira vez desde que criara coragem de encarar o homem, os órgãos expostos estavam imóveis.

Depois, notou a trilha de pequenas pegadas estampadas no sangue e nos fluidos carbonizados do homem. Arthur seguiu o rastro, que se estendia para longe, marcando o chão com o que pareciam hieróglifos assustadores indicando o caminho.

Caminho que levava para onde?

O homem havia partido. Mas alguma coisa ainda estava ali.

— Padre? Está tudo bem? — perguntou um homem, a voz aguda de choque.

Arthur se virou.

Seu interlocutor era o ruivo com a prancheta. Ele encarou o chão, pálido e com os olhos arregalados.

— Não, na verdade. Não acho que esteja tudo bem — respondeu Arthur.

E, pela primeira vez na vida, tinha certeza disso.

**Larson estava sentado à sua** mesa, ignorando todo o resto da repartição. Num dia normal, teria problemas para se concentrar enquanto Roberts borrifava um aromatizante na direção da mesa de Powell, que por sua vez berrava com o outro por acertar seu sanduíche bem alhudo de almôndegas com o spray, dois bêbados treteiros presos por agressão continuavam tentando bater um no outro, e o resto das pessoas na delegacia ou falavam ao telefone, ou conversavam umas com as outras. Aquele, porém, não era um dia normal. Naquele dia, uma banda poderia ter passado marchando entre as mesas e Larson não teria dado a mínima. Naquele dia, estava engajado em algo. Ou ao menos achava que estava.

Debruçado sobre os papéis e as fotos à sua frente, protegendo a área com os braços para não ter que explicar suas ideias para mais ninguém, Larson espiou pela primeira vez as imagens da cena do crime de Phineas Taggart.

Elas mostravam exatamente o que ele se lembrava de ter visto, semanas antes, na fábrica transformada em laboratório de cientista maluco. A cena mais parecia uma visita às instalações de um Frankenstein moderno. O cômodo onde os restos do cientista tinham sido encontrados estava cheio de equipamentos de imagem, modificados de formas incompreensíveis, conectados à coleção mais esquisita de tralha que ele já vira. Boa parte do lixo parecia tão enigmática quanto as modificações nas máquinas: engrenagens, dobradiças, partes de manequins e dispositivos antigos que lembravam equipamentos de tortura medieval. Mas uma série específica de quinquilharias havia sido combinada de forma especialmente perturbadora. Só de olhar, as entranhas de Larson tinham se revirado e o sangue congelara nas veias.

Justamente por ter ficado tão abalado, não analisara a cena com a devida atenção. Uma grande bobeira da parte dele. Devia ter olhado mais de perto. Se tivesse feito isso, teria descoberto muito mais rápido o que a Aparição de Sutura era.

Ou será que não?

Mesmo que tivesse juntado as peças, será que Larson não teria levado um tempo para aceitar a ideia?

Embora tivesse certeza a essa altura, não tinha *tanta* certeza assim, porque aquilo era maluquice. Se estivesse mesmo decidido, já teria contado aos colegas. Em vez disso, olhava para as provas como se fossem um tesouro que não estava disposto a compartilhar.

Larson fitou a mistureba de lixo que o horrorizara tanto. Soube na hora que estava diante das origens da coisa esquisita que procurava.

Na foto, a cabeça da boneca só podia ser vista de lado. Larson a vira daquele jeito no laboratório. Por isso, não tinha reconhecido imediatamente o rosto rabiscado quando espiara a foto no envelope do delegado. Mas aquela cabeça — ele tinha certeza de que era a cabeça — estava ligada a um endoesqueleto de metal.

Certo, de acordo com as descrições, a coisa misteriosa sempre usava um manto com capuz, mas Larson se lembrava de ter visto um sobretudo longo, volumoso e encapuzado nas roupas de Phineas. A peça poderia ser facilmente confundida com um manto.

O investigador pousou a foto na mesa, depois começou a ler o inventário dos pertences de Phineas. Correndo o dedo pela lista, sussurrou os nomes dos itens. Parou no décimo: um cão robótico, desmontado, fabricado pela Fazbear Entertainment.

Deu outra olhada no endoesqueleto. Parecia ter uma nova parte anexada a ele. Assim, peças do cachorro poderiam ter sido usadas.

Certo, então a gente tem um endoesqueleto animatrônico conectado a uma peça que veio de um cachorro robótico da Fazbear Entertainment. Era viagem demais conectar as duas coisas?

O cão levava à Fazbear Entertainment, que levava aos assassinatos da Freddy. E o cachorro também tinha ligação com a coisa com o rosto rabiscado. Assim, a investigação atual de Larson talvez fosse conectada aos assassinatos da Freddy.

Um aviãozinho de papel atingiu a cabeça curvada do investigador. Ele deu um tapa no objeto e franziu a testa, erguendo o olhar.

— Terra chamando Larson — disse Roberts. Os olhos cinzentos do policial estavam pousados nas fotos que o investigador protegia entre os braços. — Perguntei o que você está fazendo.

— Pensando.

— Em quê?

— Bobagem, provavelmente.

Larson jamais contaria sua teoria maluca ao parceiro todo certinho, que vestia paletós de tweed com patches de couro nos cotovelos e ostentava com muito orgulho um cavanhaque perfeitamente aparado.

— Tá a fim de sair para almoçar?

— Não, valeu.

Roberts encarou Larson por um momento. O investigador retribuiu o olhar, a expressão tão neutra quanto possível.

— Beleza, então — disse o parceiro.

Larson jogou o aviãozinho de papel de volta na mesa de Roberts.

— Mandou bem nesse aqui — disse, esperando distrair o colega de qualquer suspeita sobre o que estava aprontando.

E Roberts tinha quase tanto orgulho de seus aviõezinhos de papel aerodinâmicos quanto dos pelos faciais.

O sujeito sorriu.

— Valeu.

E, ficando de pé, se afastou da mesa.

Larson esperou Roberts sumir de vista para enfim se levantar. Precisava ir à salinha de provas. No caminho, foi remoendo sua teoria.

A antiga construção de pedra já tinha sido a sede da delegacia da cidade, mas a essa altura funcionava apenas como anexo, onde atividades mais obscuras da corporação se desenrolavam e todos os registros e provas eram guardados. Entre os corredores da mofada salinha no subsolo, Larson subiu numa escada e puxou uma caixa de uma prateleira alta. Pousou três delas no chão, lado a lado. Agachado à frente do material, abriu as tampas.

Tossiu ao sentir o fedor persistente de fumaça saindo das caixas. Depois espiou dentro de cada uma. O coração dele batia no modo "aprontando algo", retumbando num ritmo alto e acelerado.

O incêndio, tão antigo que era quase uma lenda do departamento, nunca fora solucionado. Larson não sabia muito sobre o incidente, mas sabia que era conectado a um dos fundadores da Fazbear Entertainment. Sua ideia era que, se a Aparição de Sutura estivesse relacionada à corporação e tivesse sido vista no local do incêndio, talvez estivesse procurando algo levado para a delegacia como prova anos antes. A conclusão, pensava ele, parecia óbvia.

Mas as três primeiras caixas não reforçaram tanto sua teoria. Ele devolveu as tampas e subiu na escada. Depois desceu, mudou a escada de lugar, subiu de novo e tirou outra série de caixas das prateleiras. Dessa vez, removeu as tampas uma a uma.

Quando ergueu a terceira, arqueou as sobrancelhas e assentiu.

Sinistro não voltara ao pátio ferroviário desde que vira o vulto misterioso recolhendo pedaços de algo dos trilhos. Alguma coisa naquela criatura tinha feito mais do que seu dente doer. A vontade dele era cavar um buraco bem fundo e se enfiar ali.

Como não tinha uma pá nem a força para cavar um buraco, Sinistro decidira escolher um novo lugar de perambulação, do outro lado da cidade, onde fábricas abandonadas dividiam espaço com antigas vizinhanças robustas e com o lado oeste da doca do lago. Encontrou um barracão enferrujado, mas firme, ao lado de uma das fábricas vazias — abandonada havia tão pouco tempo que ainda se via uma empilhadeira tombada por ali.

O barracão, embora vedado contra a água e limpinho, ainda não fora descoberto por ninguém como Sinistro, então ele decidira se abrigar sob a longa e ampla prateleira logo abaixo de uma janela suja. Como sabia que outros podiam ser atraídos por locais desertos como aquele, ficou feliz por aquela posição lhe permitir ficar de olho nos arredores.

E ainda bem que não deu bobeira, pois avistou a figura enigmática já na terceira noite no barracão. Mesmo grato por se encontrar no estado maluco de sempre naquela noite, ficou sem fôlego enquanto via a coisa arrastar um saco pela porta dupla da garagem que levava à construção metálica e quadradona da fábrica.

O que o incentivava a seguir o vulto para ver aonde iria? A curiosidade que sentira da última vez, ou algum ímpeto autodestrutivo?

Talvez fosse a voz disparatada na sua cabeça.

Seja lá qual fosse a motivação, Sinistro se viu avançando de forma furtiva — e talvez um pouco trôpega — na direção da porta pela qual o vulto havia passado. Quando chegou lá, hesitou por um instante, questionando a sabedoria das suas ações, mas entrou mesmo assim.

Preparado para ser atacado no mesmo instante, Sinistro ficou surpreso e aliviado ao encontrar um espaço do tamanho de três garagens que levava a uma área ainda maior. E ficou mais surpreso e grato quando ouviu uma movimentação na segunda área e descobriu que havia luz o bastante para iluminar seu caminho pelo chão de concreto atulhado de lixo.

O som que ouvia era meio perturbador, e teria feito qualquer pessoa normal sair correndo para se salvar. Sinistro, porém, já não era normal havia muito tempo. Quando chegou ao limiar do segundo espaço, parou. Aguardou, ouvindo os barulhos de algo raspando e o farfalhar do saco sendo arrastado. Vinham de um ponto tão distante que ele ficou seguro de que poderia seguir em frente sem trombar com a coisa.

Não demorou muito para se sentir à vontade para continuar. Respirando fundo para criar coragem, ele deu outro passo. E parou.

Estava num cômodo quadrado enorme, com paredes lisas e teto alto, repleto de lixo. Aquele devia ser o andar principal da velha fábrica. Tinha ao menos alguns quilômetros de extensão, e o teto inclinado terminava numa série de claraboias que permitiam que a luz de fora iluminasse a área.

Sinistro percebeu que estava numa estrutura elevada, com cerca de quatro metros e meio de altura. Dava a volta em todo o espaço imenso. Várias escadas de concreto com corrimão de metal levavam a um pavimento cerca de dois metros abaixo. Naquele nível, de um dos lados do quadrado cavernoso, havia um compactador de lixo azul posicionado parcialmente sobre o piso de concreto. Ostentava uma rampa imunda e toda danificada que conectava a borda elevada às entranhas metálicas da coisa. Estava tudo silencioso e parado, mas Sinistro conseguia imaginar o equipamento em ação, engolindo lixo e o despejando num buraco oco perto dos mecanismos letais. Perto da rampa do compactador, havia uma prateleirinha presa à parede, onde se via um vaso com duas flores vermelhas em formato de estrela-do-mar. Sinistro não conseguia imaginar nada que contrastava tanto com o poderoso devorador de lixo do que aquelas duas plantinhas.

Ele piscou e observou a figura encapuzada arrastar o saco até uma das pilhas de lixo. Sinistro não conseguia ver o que havia lá dentro, mas vislumbrou o braço de uma boneca escapando pela borda. Com um vestido azul-claro cheio de babadinhos de um rosa igualmente intenso, parecia inocente e fofinha. Também não combinava com aquele recinto de metal e tralhas mecânicas. Nada combinava com um lugar daqueles, porque ali o lixo não era apenas lixo. Era o lixo dos pesadelos, lixo das histórias que faziam o sangue gelar. As quinquilharias ali eram uma coleção das piores monstruosidades mecânicas imagináveis. Depois de avistar as peças que tinham sido removidas dos trilhos, Sinistro viu também a carcaça de um cão robótico e várias peças de personagens animatrônicos. Era como se alguém tivesse explodido uma fábrica de brinquedos mecânicos assustadores e depois juntado os pedaços.

Nem mesmo as vozes perturbadoras na sua cabeça seriam capazes de convencer Sinistro a ficar ali. Ele recuou e, tão rápida e silenciosamente quanto possível, voltou ao seu barracão enferrujado.

Jake sabia que estava sendo observado, mas nem se importou porque podia sentir a alma e o caráter de quem olhava. Por isso, continuou a esvaziar o último saco de itens infectados na menor pilha da fábrica abandonada. Ficou triste ao ver o braço da boneca. Bom, tudo aquilo o deixava triste, na verdade. Brinquedos não deviam conter terror, raiva e medo. Deviam ser receptáculos de alegria, amor e risadas.

Desde que Andrew lhe contara sobre os objetos infectados, Jake vinha usando a coisa em que os dois estavam para recolher todo o material contaminado por Andrew. Ao ter a ideia, nem sabia muito bem *como* faria aquilo. Não fazia ideia do que era aquela coisa em que os dois estavam, só que era feita de metal e conseguia se mover. Depois, compreendeu que era um endoesqueleto de animatrônico movido a bateria. E entendeu que estava vendo o mundo pelos olhos de uma boneca. Nada daquilo parecia estranho. A única coisa que ele achava curiosa era o fato de estar vestindo um sobretudo com capuz. Andar por aí de sobretudo parecia muito idiota.

E também estava sendo difícil juntar todas aquelas coisas. Mais do que ele imaginou que seria. Andrew havia infectado muitos itens!

Jake nem imaginava que seria tão cansativo usar sua vontade para pescar os locais na mente de Andrew *e* fazer o animatrônico andar por aí atrás dos itens. Sentia-se exausto, como quando ainda estava no seu corpinho de garoto. Não sabia se seria capaz de continuar fazendo o que precisava ser feito.

Talvez devesse só desistir e deixar para lá. Afinal, não tinha feito nada errado. Por que ele precisava ficar responsável por limpar a bagunça de Andrew?

Jake não era um bom garoto? Não merecia se divertir um pouco?

— Acho que a gente precisa de uns amendoins... Não acha, Jake? — perguntou um homem sorridente.

Uma multidão aplaudiu, e outro homem acrescentou:

— Cachorro-quente! Cachorro-quente!

— Talvez cachorro-quente também? — sugeriu o homem sorridente.

Jake congelou com o saco vazio em mãos.

Aquilo era uma memória? Ele tinha acabado de se lembrar de algo?

Jake inclinou a cabeça. Desde que começara a habitar aquele endoesqueleto de metal, não sentia cheiro. Mas, de repente, era como se inalasse o aroma de amendoim torrado e cachorro-

-quente. Também sentia algo diferente. Seu rosto — ou o rosto da coisa que habitava — de repente esquentou, como se estivesse do lado de fora, sob a luz brilhante do sol, e não dentro de uma fábrica capenga.

Aquilo só podia ser uma memória, porque não tinha como estar acontecendo naquele momento. Parecia mesmo uma lembrança, e o homem nela o chamara pelo nome.

Não, espera. Não era só um homem. Era seu pai. Jake tinha acabado de se lembrar do pai!

— As flores servem para quê? — perguntou Andrew.

Jake o ignorou. Estava concentrado. A lembrança, ou o que quer que fosse aquilo, tinha sido uma delícia. Ele queria mais. Fechou os olhos e focou nos cheiros, sons e sensações.

— Vamos pegar os dois — decidiu o pai de Jake. Fez um gesto, e um homem se aproximou com uma bandeja cheia de amendoim torrado em pequenos cones de papel.

Jake se sentiu acomodar no corpo de garotinho. Olhava pelos olhos de um simples menino, e ali viu um grande campo cercado de uma multidão.

— Jake? Para que são as flores? — insistiu Andrew.

Ele não respondeu. Em vez disso, pegou o regador que deixara sob a prateleira onde ficava o vaso, depois avançou para regar as flores.

Ao mesmo tempo, voltou a focar na lembrança.

Enquanto via o pai trocar dinheiro por um dos cones de papel da bandeja, a compreensão o invadiu. Pela primeira vez desde que se dera conta de que estava no animatrônico, sabia quem de fato era: Jake, o garotinho, e estava revivendo uma tarde num jogo de beisebol com o pai. Parecia muito real e...

A sensação era de que estava sendo sugado para fora da coisa que habitava. Jake se sentia como uma lufada de fumaça, soprada por uma corrente de ar para longe do ser que um dia o contivera. Podia se sentir sendo puxado de volta para a lembrança, e intuitivamente entendeu que, se fosse envelopado por ela, poderia viver para sempre naquele lugar feliz.

O som do taco batendo na bolinha ecoou pelo campo, e a multidão ficou de pé para comemorar.

— Pega sua luva, Jake! — gritou o pai, e o garoto ergueu a luva de beisebol.

E, assim, se distanciou ainda mais do animatrônico.

— Jake? Para onde você está indo? Jake! — berrou Andrew.

Ele percebeu que poderia facilmente relaxar naquela maravilhosa lembrança, permitindo que sua completude fosse removida do animatrônico no qual habitava com Andrew. O garoto não precisaria mais se esforçar com tanto afinco. Poderia se divertir.

— Jake?! — gritou Andrew.

Mas ele não poderia deixar Andrew para trás. Seu novo amigo nunca conhecera o amor — e, se Jake partisse, Andrew estaria perdido para sempre. Não podia permitir que aquilo acontecesse.

Jake olhou para as pilhas de lixo no compactador, forçando a lembrança para fora da mente. Ao depositar toda a atenção em onde estava, varreu a memória da sua consciência como se estivesse apagando uma lousa.

Assim que o fez, voltou a se acomodar dentro do animatrônico. Regou as plantas, ignorando as perguntas repetitivas de Andrew.

| | |
|---:|:---|
| *1ª edição* | MARÇO DE 2025 |
| *impressão* | LIS GRÁFICA |
| *papel de miolo* | IVORY BULK 65 G/M² |
| *papel de capa* | CARTÃO SUPREMO ALTA ALVURA 250 G/M² |
| *tipografia* | BEMBO STD |